Collection du Bibliophile français

DOUZIÈME ET DERNIER VOLUME

GEORGES D'HEILLY

MADAME DE GIRARDIN

(DELPHINE GAY)

SA VIE ET SES ŒUVRES

Eau-forte par G. Staal

PARIS

LIBRAIRIE BACHELIN-DEFLORENNE

3, QUAI MALAQUAIS, 3

Au premier, près de l'Institut

M DCCC LXVIII

MADAME

E DE GIRARDIN

Paris. — Imprimerie de Jean Bonaventure et Ducessois, quai des Grands-Augustins, 55.

Paris.—Imprimé chez Jules BONAVENTURE,
quai des Grands-Augustins, 55.

LETTRE
À
CAVAIGNAC

GEORGES D'HEILLY

MADAME

E. DE GIRARDIN

(DELPHINE GAY)

SA VIE ET SES ŒUVRES

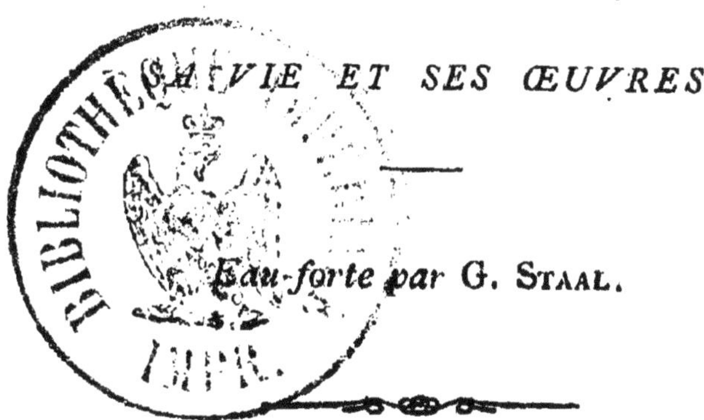

Eau-forte par G. STAAL.

PARIS

LIBRAIRIE BACHELIN-DEFLORENNE

3, Quai Malaquais, 3.

M DCCC LXIX.

A HENRY DE LIMAY

Affectueux souvenir

GEORGES D'HEILLY.

MADAME
E. DE GIRARDIN

I

Nous connaîtrions sans doute fort peu aujourd'hui le nom de Mme Sophie Gay, si ses seuls ouvrages littéraires avaient dû protéger sa mémoire contre l'oubli du temps. L'auteur de tant de romans et de comédies applaudis au commencement de ce siècle n'aurait guère survécu à leur éphémère réputation, si elle n'avait donné le jour à cette femme aimable et charmante, née Delphine Gay, qui est devenue Mme Émile de Girardin. L'œuvre la meilleure de Mme Gay est donc sa propre fille, et celle-ci a procuré à sa mère, je ne dirai pas l'immortalité, car je ne crois pas non plus à la sienne, mais, même en ces derniers temps, un regain nouveau de succès et de notoriété. Mme Gay a reçu le reflet, et pour ainsi dire le contre-coup de la gloire de sa célèbre fille ; ses œuvres se réimpriment, et il lui est survenu une vogue posthume et inattendue, qui a dû surprendre jusqu'à ceux qui, vivant encore aujourd'hui, l'ont jadis le plus sincèrement courtisée et admirée.

Mme Gay a eu une fort orageuse existence ; elle a passé par les fortunes les plus diverses ; elle a été riche et même influente, dans la première position qu'occupait son mari ; mais bien vite elle connut les revers et la ruine, et pour vivre, elle dut compter sur son travail aussi bien que sur celui de sa fille. M. Gay était, sous le Consulat et au commencement de l'Empire, receveur général du département de la Roër, taillé dans

l'une des provinces rhénanes annexées par
conquête à la France. Il résidait à Aix-la-
Chapelle, chef-lieu de ce département, et il
y menait, grâce aux bénéfices considérables
de sa place, une existence très-grande, très-
fastueuse et très-enviée.

C'est là que vint au monde, le 26 janvier
1804, Delphine, la dernière fille, qui fut
aussi le dernier enfant né de l'union de
Mlle Sophie Nichault de la Valette avec
M. Gay. Disons tout de suite, pour n'avoir
plus à y revenir, que Mme Gay avait été
mariée en premières noces à l'agent de
change Liottier, dont elle n'eut pas d'enfants. Veuve encore très-jeune, belle, spirituelle, mais sans fortune, elle avait mérité le choix du riche receveur général par
la grâce et le charme de ses attraits, et elle
lui prouva sa reconnaissance et son amour
en lui donnant cinq enfants, quatre filles et
un garçon. Le fils, qui entra au service, fut
tué en 1837, au premier siége de Constan-
tine ; l'aînée des filles épousa le comte O'Don

nel; la seconde fut mariée à M. de Canclaux; la troisième s'est faite maîtresse de pension, et la dernière est devenue la femme de M. Émile de Girardin.

On la baptisa, dit-on, sur le tombeau de Charlemagne; mais cette illustre circonstance ne porta pas bonheur, tout d'abord, à Delphine Gay. En effet, elle était encore bien jeune lorsque son père, à la suite de je ne sais quelle intrigue, fut destitué par le régime impérial, sans aucune compensation ni indemnité. Le ménage n'avait pas fait d'économies, et la destitution c'était la ruine. Mme Gay vint à Paris importuner le ministre et solliciter une autre position, sinon une autre recette; elle pria, elle implora, elle pleura même, mais en vain; l'arrêt rendu était irrévocable. C'est de ce jour que Mme Sophie Gay devint légitimiste. Elle avait joué jadis, sous le Directoire, un rôle brillant et léger comme « belle du jour à la « mode » à la petite cour de Barras. On l'avait admirée ensuite dans les salons nouveaux du général Bonaparte, où, comme tant d'autres, elle était venue faire cortége au futur maître du monde. L'Empire l'avait naturellement trouvée impérialiste ; mais la disgrâce de son mari devait modifier, une fois encore, la couleur de ses opinions. Elle fut l'une des premières à courir sur nos boulevards envahis, au lendemain de l'abdication de Fontainebleau, à la rencontre du comte d'Artois, venant, en avril 1814, prendre possession du trône, au nom de son frère le roi Louis XVIII.

Le biographe Jacquot (de Mirecourt), qu'il ne faut pas toujours croire sur parole, raconte à ce sujet une petite anecdote assez piquante que je lui emprunte, mais en lui en laissant la responsabilité.

Wellington, en recevant la visite des nombreuses dames de l'ancienne et de la nouvelle cour, du vieux et du dernier régime, qui lui apportaient des fleurs en criant : Vive le Roi ! Vivent les alliés ! aurait dit à l'une d'elles, — à Mme Gay peut-être, —

cette dure et terrible parole, si justement méritée :

— « Ah ! Mesdames, si les Français entraient à Londres, toutes les Anglaises porteraient le deuil !... »

Je ne sais trop ce que fut Mme Gay sous Louis-Philippe; il était alors facile d'être tout ce qu'on voulait, sans beaucoup se compromettre. Je suppose que la république de 1848 lui rendit quelque peu de son ardeur républicaine d'autrefois, et l'on peut conjecturer qu'elle aurait sans doute éprouvé pour le second Empire une partie de l'amour que lui avait un moment inspiré le premier, si elle n'était morte précisément en 1852, fort peu de temps avant la restauration impériale.

La famille Gay commença par vivre assez mal, et d'abord dans la gêne, à son arrivée à Paris. Mme Gay écrivit quelques romans, des poésies, des articles de revue et de journaux, gagnant dans un pénible travail tout juste de quoi faire vivre les siens. M. Gay, tombé malade, traîna longtemps encore une vie désormais inutile, et mourut seulement en 1822.

L'éducation de Delphine Gay fut d'autant plus soignée par sa mère, et ses aptitudes littéraires d'autant mieux développées, que ses études furent commencées à l'heure même où la fortune lui devenait contraire. S'adonnant à la littérature par goût, mais surtout par nécessité, Mme Gay y consacra tous ses instants, et elle mit en quelque sorte sa fille elle-même de moitié dans ses travaux, en les accomplissant auprès d'elle. On peut dire que Delphine Gay suça avec le lait maternel l'amour des arts et des lettres, qu'elle en fut nourrie pendant sa jeunesse, avant que sa vocation tout à fait décidée lui en ait révélé le charme et le plaisir, avant que le désir de la gloire l'ait attirée, et qu'elle ait compris ou connu les nobles ivresses des triomphes qui l'attendaient.

Mme Gay produisit alors une série de romans médiocres, mais qui eurent en leur temps une vogue véritable et donnèrent à leur auteur une grande et populaire réputation. On s'arrachait alors : *Léonie de Montbreuse, Laure d'Estelle, Anatole, les Malheurs d'un Amant heureux*; et plus tard, *Marie-Louise d'Orléans, la duchesse de Châteauroux,* etc. On allait aussi voir au théâtre les pièces à succès de Mme Gay : *le marquis de Pomenars,* aux Français ; *la Sérénade,* à l'Opéra-Comique, avec la musique de Mme Gail ; *le Maître de Chapelle,* aux Bouffes, l'un des chefs-d'œuvre de Paër, etc. Elle écrivait aussi de jolis vers, des poésies d'à-propos, petites œuvres anodines et légères, nées le soir, mortes le surlendemain, mais courant les salons et amusant pendant un jour le public facile et aimable des deux Restaurations. Bientôt Mme Gay, devenue femme à la mode, eut un salon littéraire fréquenté par tout le Paris célèbre d'alors, et où l'honneur d'être présenté et reçu devint très-vite difficile et envié.

Elle habitait alors, rue Gaillon, un mo=

deste appartement situé à l'entre-sol, et qui se composait de deux chambres, suivies d'une sorte de petit boudoir, où sa fille, Delphine, avait l'habitude de se retirer seule pour travailler, et, comme disaient déjà ses admirateurs prématurés, « pour solliciter et écouter l'inspiration de la Muse. » L'ameublement de l'humble logis était pauvre, ou plutôt indiquait la pauvreté honorablement supportée et combattue. Quelques meubles encore brillants, restes de l'opulence d'autrefois, ornaient la pièce principale, servant à la fois de chambre à coucher, de salle à manger et de salon. Autour du logement, et donnant sur la rue, était une terrasse ornée de quelques pots de fleurs, ce qui, dans les plus beaux quartiers du moderne Paris, représente aujourd'hui le jardin.

C'est là que se réunissaient presque chaque soir les amis de la maison, les habitués du salon de Mme Gay, les héros du jour dans la politique et dans les lettres, hommes de toutes opinions, ayant aussi les idées les plus diverses; mais abdiquant à la porte de la simple et poétique demeure toute pensée qui n'aurait pas eu pour objet l'honneur et la gloire de la dame du lieu.

C'étaient Étienne, d'abord poète dramatique et académicien, puis censeur sous l'Empire, et que la Restauration chassa de l'Académie pour motif politique; ce qui fit de lui, en peu de temps, par une métamorphose curieuse, un journaliste ardent et agressif, rapidement député et avant tout ennemi; Chateaubriand, l'ami et l'amant platonique de toutes les Muses, le Dieu de tous les salons, recueillant partout plus d'encens qu'il n'en prodiguait; Mme Récamier, dont on exagérait la beauté et l'esprit, qui avait aussi un cercle, le premier de Paris, où elle trônait en déesse, ayant à ses pieds, en tête du peuple d'adorateurs qui s'empressait autour d'elle, l'auteur des *Martyrs* pour premier pontife; Jouy, qui publiait alors une série médiocre d'*Ermites*, pour faire suite à son fameux *Ermite de la Chaussée-d'Antin;* le grand vendeur du roi,

le général Alexandre de Girardin ; le jeune
Amaury Duval, peintre d'avenir ; Soumet,
poète élégiaque ; Baour-Lormian, le dernier
barde ; Henri de Latouche, qui éditait An-
dré Chénier ; Casimir Bonjour, déjà candidat
à l'Académie ; puis, un peu plus tard, Lamartine, à l'aurore de sa célébrité, et qui
avait rencontré Mme Gay et sa fille pendant
leur voyage en Italie ; les deux Vernet, en
disgrâce pour cause de peinture politique ;
Béranger, chansonnier d'opposition ; Talma,
qui regrettait Napoléon, et que pour cela les
Bourbons trouvaient médiocre ; le peintre
Gérard et son confrère Gros, tous deux ba-
rons de l'Empire, et faisant alors de la peinture officielle pour le compte de Louis XVIII ;
une artiste éminente, rivale de Mlle Georges,
Mlle Duchesnois ; Fleury, qui avait débuté
au Théâtre-Français sous Louis XV, et qui
jouissait de ses derniers beaux jours ; puis
des journalistes de tous les partis, des hommes politiques plus ou moins connus, quelques jeunes gens, des femmes aimables ; en

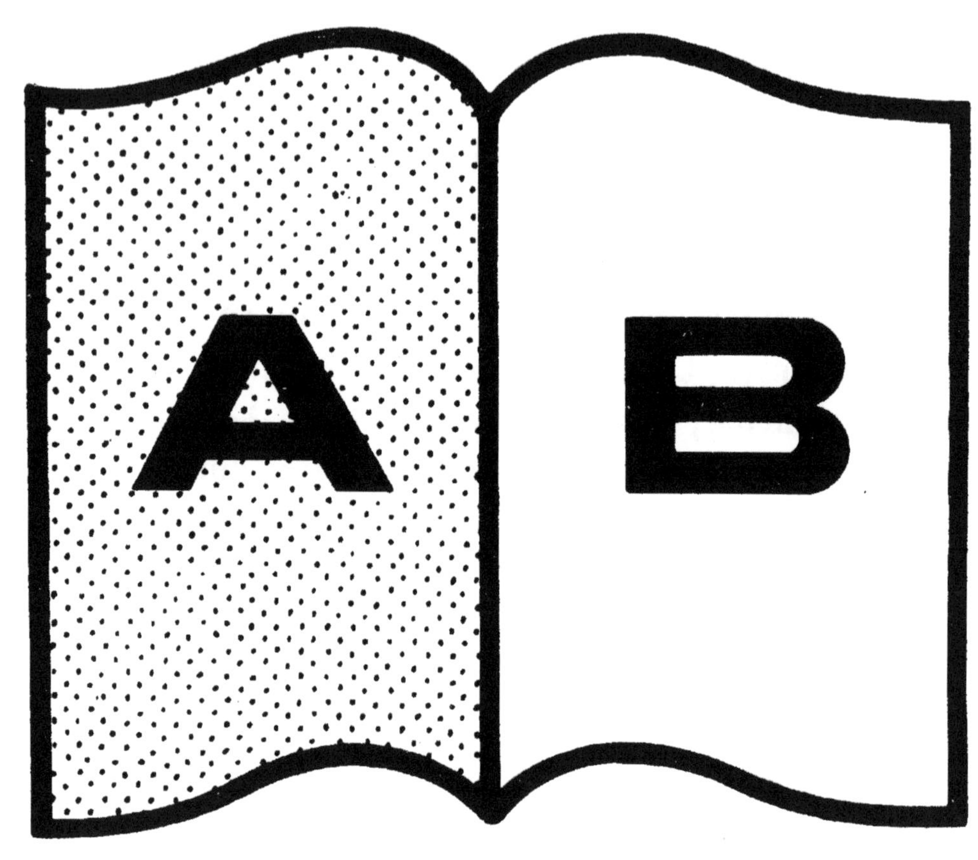

Contraste insuffisant

NF Z 43-120-14

un mot, un monde assez mêlé, mais tout à fait choisi parmi ceux qui avaient un nom, ou qui étaient en train de se le faire.

Comme madame Gay aimait le jeu, on jouait beaucoup chez elle; d'autres causaient pendant ce temps avec la belle Delphine, au regard idéal, en véritable tenue de Muse, vêtue de blanc, la taille élancée, les boucles de ses longs cheveux flottant comme au hasard, mais habilement négligés avec un art suprême. Elle faisait presqu'à elle seule les honneurs du salon de sa mère, appelant tout le monde à elle par le charme répandu dans toute sa personne, par la grâce de son esprit, par l'élévation précoce de ses idées, par cette sorte de maturité avancée qui l'avait créée femme avant l'âge où la jeune fille doit mériter ce nom. Elle était belle, d'une grande et mâle beauté, mais point de cette beauté mièvre et délicate qui se qualifie mieux par le mot *joli*, que l'art repousse et relègue au second rang ; de cette beauté qui étonne, surprend, fait jeter un cri d'admiration à une foule, et amène à soi même les blasés et les indifférents ! A cela joignez un air véritablement inspiré, un regard plus profond que doux et qui avait son langage, un teint d'une blancheur irréprochable, un port majestueux, une tournure de reine, toutes les grâces, toutes les beautés, tout le charme, à l'âge de dix-huit ans tout au plus. Elle eût dû rester toujours ainsi, car, nous le verrons, les années, le temps, accentueront et marqueront trop durement ces traits et ces formes alors exquis ; elle sera toujours belle, mais d'une beauté trop virile, d'où s'absentera peu à peu la grâce attirante des premiers jours.

Quand le jeu était fini, on dansait, on prenait quelques rafraîchissements, puis le tour de la poésie arrivait. Les profanes s'éloignaient, le cercle se réduisait aux vrais amants des muses ; madame Gay lisait de sa meilleure voix ses plus récents travaux, prose ou vers, puis elle invitait sa fille à faire entendre ses dernières compositions.

Delphine Gay avait alors un organe doux et musical, plein de ces intonations parfaites et harmonieuses, sans notes fausses, sans cris aigres et recherchés, sans efforts surnaturels et bizarres, qui donnent à la voix du lecteur un charme si pénétrant. Elle lisait ou récitait sans prétention, et elle tenait — sans métaphore exagérée — son auditoire suspendu à ses lèvres par la beauté et l'éclat de sa poésie aussi bien que par la justesse et la suavité de son accent.

Delphine Gay fut célèbre, grâce à l'as-
semblée d'élite qui écoutait et redisait ses
vers, même avant d'avoir rien publié. Elle
voulait sans doute que son coup d'essai fût
un coup de maître, et elle prit part au concours ouvert par l'Académie, en 1822, pour
le prix de poésie, sur *le dévouement des médecins français et des sœurs de Sainte-Camille pendant l'épidémie de Barcelone*. Elle
n'eut pas le prix, mais, à mon sens, elle eut
mieux que le prix, qui fut décerné à M. Al-

letz ; M. Chauvet eut le premier accessit, et M. Fichat le second. La séance solennelle où furent décernées les récompenses eut lieu le 24 août 1822. Le secrétaire de l'Académie, Alex. Duval, après avoir proclamé les lauréats, déclara qu'une pièce inscrite sous le n° 103 avait été réservée pour les honneurs de la lecture, et qu'elle n'avait pas obtenu le prix parce que son auteur avait traité incomplétement le sujet proposé.

« Si l'auteur du n° 103, dit le rapport, en ne traitant qu'une partie du sujet, n'avait donné pour excuse et son sexe et son jeune âge, l'Académie, à la perfection et au charme de plusieurs passages, aurait pu croire que la pièce était l'ouvrage d'un talent exercé dans les secrets du style et de la poésie ; mais la simplicité touchante de divers tableaux, la délicatesse, je dirai même la retenue des pensées et des expressions auraient permis d'attribuer l'ouvrage à une personne de ce sexe qui sait si bien exprimer tout ce qui tient à la grâce et au sentiment. En se restreignant à l'éloge des sœurs de Sainte-Camille, l'auteur se plaçait en quelque sorte hors du concours, et dès lors l'Académie, qui a jugé l'ouvrage digne d'une mention honorable, a cru juste de lui assigner un rang distinct et séparé de celui des autres mentions. »

Ce succès eut un grand retentissement ; on en parla à la cour et à la ville, et le nom de Delphine Gay fut de ce jour célèbre. De tous côtés on lui demanda des vers ; les revues et les journaux se les disputèrent à l'envi ; elle devint même « poëtesse » officielle, et elle chanta presqu'à la fois et en même temps le sacre de Charles X, la mort de Mathieu de Montmorency et celle du général Foy.

Mais je veux examiner, avant d'aller plus loin, le recueil des poésies de madame de Girardin ; je reprendrai ensuite son histoire. Le poëte disparaît de bonne heure en elle, car il y a trois parts bien distinctes pour trois genres de littérature dans sa vie d'écrivain : la première, nous venons de l'esquisser rapidement, et nous allons la compléter en citant les principales compositions qui l'ont signalée, est donnée tout entière à la poésie pure ; la seconde appartient au roman et au journalisme ; la troisième, celle où elle brillait de tout son éclat au moment de sa mort, touche plus particulièrement au domaine du théâtre. Elle y entra de plein pied, par des succès bruyants et contestés, mais elle y marqua si bien sa place qu'il semble probable, même si Dieu avait prolongé sa vie, qu'elle y aurait terminé sa carrière. Nous indiquerons d'ailleurs ces différences et ces modifications, ces changements et ces développements par lesquels le talent distingué de madame de Girardin a si bien montré sa souplesse et sa fécondité.

Le premier volume de poésies de Delphine Gay, publié en 1824, sous le titre modeste d'*Essais poétiques*, contenait des fragments de *Magdeleine, le Bonheur d'être belle, Ourika*, etc... Le livre eut un certain succès, il fut chaudement appuyé et il dut, autant à sa valeur même qu'aux relations de Mme Gay, l'honneur d'un accueil plein de flatteries et de promesses. Il fut même réimprimé.

C'est peu après cette publication que Mlle Gay récita, en l'honneur de Gros, dans la cérémonie d'inauguration de la coupole du Panthéon, que cet illustre artiste venait d'orner de ses peintures, un *Hymne à Sainte Geneviève*, qui fut écouté et applaudi par la plus haute et la plus intelligente société de Paris.

Elle chanta ensuite l'héroïsme des Grecs dans une ode patriotique, *la Quête*, dont la vente, faite à leur profit, produisit plus de 4,000 francs, qui furent versés entre les mains du Comité. Elle avait déjà célébré, dans une plainte funèbre, la mort de Napoléon et celle du général Foy. On inscrivit même sur le tombeau du héros de la gau-

che, au Père-Lachaise, la dernière strophe
de cette pièce de vers, l'une des plus heu-
reuses inspirations poétiques de Mme de Girardin :

> Hier, quand de ses jours la source fut tarie,
> La France, en le voyant sur sa couche étendu,
> Implorait un accent de cette voix chérie.
> Hélas ! au cri plaintif jeté par la patrie,
> C'est la première fois qu'il n'a pas répondu !...

Elle avait chanté aussi dans un hymne
triomphal : *La Vision*, le sacre de Charles X,
qui lui valut l'honneur d'être présentée
officiellement au roi dans une cérémonie
au Louvre, où Sa Majesté remit elle-même,
dans les mains de Delphine Gay, le brevet
d'une pension de 1,500 francs sur la cassette
royale. Ce morceau de commande, qui est
d'ailleurs assez médiocre, se termine par
des vers où la muse s'encense elle-même
avec une complaisance qui n'est pas assez
exempte de prétention et d'orgueil :

> J'enflammerai les cœurs de mon noble délire,
> On verra l'oppresseur trembler devant ma lyre.

L'opprimé qu'oubliait la justice des lois
Viendra me réclamer pour défendre ses droits;
Le héros me cherchant au jour de la victoire,
Si je ne l'ai chanté, doutera de sa gloire;
Les autels retiendront mes cantiques sacrés,
Et fiers, après ma mort, de mes chants inspirés,
Les Français, me pleurant comme une sœur chérie,
M'appelleront un jour *Muse de la patrie!...*

En 1826 et 1827, elle fit avec sa mère un voyage triomphal en Suisse et en Italie, voyage qui donna lieu à de nouvelles productions de sa muse, enivrée, on peut le dire, par les adulations qui l'accueillirent partout sur sa route. L'ambassadeur de France, M. de Laval-Montmorency, donna à Rome, pendant le séjour de Mme Gay et de sa fille, un dîner à l'équipage de la corvette française qui avait racheté et ramené d'Alger à Civita-Vecchia les Romains captifs chez les musulmans. A ce repas, Mlle Gay récita une pièce de vers composée la veille pour la circonstance : *le Retour des Romains captifs à Alger*, qui excita le plus vif enthousiasme, et qui lui mérita, le 16 avril 1827, l'honneur considérable d'être reçue membre de l'Académie du Tibre, au Capitole même, en présence de tout ce que Rome comptait de citoyens distingués et illustres.

Elle écrivit encore, pendant ce voyage, le petit poème : *le Dernier Jour de Pompéï*, et quelques autres pièces : *la Pélerine au cap Misène, le Retour*, etc...

Trois ans après, la prise d'Alger donnait à sa muse l'occasion d'un chant patriotique nouveau, et elle célébra dans de fort belles strophes la valeur de nos soldats, tout en déplorant qu'ils eussent été conduits au triomphe par un général [1] sur lequel pesait une triste accusation :

> O mystères du sort ! ô volonté suprême !
> Un Français dans nos murs amena l'étranger ;

1. Le comte de Bourmont, ministre de la guerre, qui, la veille de Waterloo, avait quitté l'armée pour se rendre auprès de Louis XVIII. Nommé général en chef de l'armée expéditionnaire en Algérie, en 1830, il prit Alger et y entra le 5 juillet. Il fut créé maréchal de France le 22 du même mois, déclaré démissionnaire de cette dignité en 1832, et il mourut obscurément en 1846.

On l'appela : Transfuge !.. Et cet homme est le même
Que Dieu choisit pour nous venger !

Faisant d'un nom maudit un souvenir qu'on aime,
La victoire lui jette un éclatant pardon ;
Et du pur sang d'un fils le glorieux baptême
Lave la tache de son nom...

A l'amour de nos rois sa valeur asservie
Voyait dans leur retour un gage de bonheur ;
Et pour eux il fit plus que de donner sa vie,
Soldat, il donna son honneur.

Charles X vengea celui qu'il venait de créer maréchal, en retirant à Mlle Gay la pension de 1,500 francs qu'il lui avait faite au moment de son sacre, et qui ne lui fut jamais rendue.

Quelques jours après, le roi prenait le chemin de l'exil ; mais Delphine Gay ne profita point de la liberté qu'elle avait de prendre sa revanche ; elle publia alors *les Serments*, hommage aux trois Écoles, où on lit ces vers touchants :

Accordez votre luth, poëtes mes rivaux,
Chantez un nouveau règne et des serments nouveaux ;

Pour moi, je tremble encor des récentes alarmes,
Et sur la royauté je n'ai plus que des larmes !....

Le recueil complet des poésies de madame de Girardin contient 68 pièces diverses, dont 5 poëmes : *Magdeleine*, le meilleur, et le mieux inspiré de ses morceaux de longue haleine ; *Napoline*, histoire un peu trop tragique d'une fille de Napoléon Ier, et qu'un chagrin d'amour porte au suicide ; *Elise*, petit poëme en quatre récits sur un prince Alfred d'Angleterre ; un autre poëme, *la Confession d'Amélie*, et un plus petit poëme encore, *le Dernier Jour de Pompeï*. Ces deux derniers n'ont qu'un seul chant.

On trouve encore dans ce recueil de jolies romances : *Tu ne saurais m'oublier, Il m'aimait tant !* des élégies : *Je n'aime plus, l'Une ou l'autre, Il m'aimait, le Repentir ;* une fable : *le Loup et le Louveteau ;* un conte charmant : *la Tour du prodige*, etc. Citons enfin une remarquable et énergique poésie : *le Vote du 13 avril 1839*. A cette date, son mari, M. de Girardin, fut exclu de la Chambre des députés, sous prétexte que, né en Suisse, il n'était pas Français. Elle publia, à ce sujet, la courageuse protestation dont je viens de citer le titre, et qui se termine par ces vers :

> Ah ! croyez-en la voix qui s'élève aujourd'hui,
> Croyez-en cet amour qui témoigne pour lui,
> Et dans sa pureté trouve tant d'assurance,
> Il est né parmi vous, il est fils de la France.
> Celle qui défendit le règne de la loi,
> Qui ne flatta jamais le peuple ni le roi,
> Qui de son beau pays faisant sa seule idole
> Le célébrait encor aux pieds du Capitole...
>
> . . . .
>
> Qui pleura vos malheurs, qui chanta vos succès,
> Ne l'aurait point choisi, s'il n'était pas Français !

Certes, elle était poëte celle qui chantait ainsi ! Quelques-uns de ses chants mériteraient de rester, bien que le souffle qui les anime ne soit pas de longue haleine et que chez elle la fatigue vienne vite, car l'essor donné à sa muse s'épuise facilement. En cela, madame de Girardin a plus d'un point de ressemblance avec Casimir Delavigne, dont

le génie aussi était court et sans grande portée ; elle a, comme lui, laissé d'agréables
poésies, plus estimables par le sentiment et
la flamme patriotique qui les a inspirées
que par leur valeur poétique même. Elle a
chanté la patrie aux grandes comme aux
difficiles journées, nos triomphes et nos revers, nos hommes célèbres et leur gloire,
nos rois tombés sans les insulter, les peuples qui souffraient et les malheureux qui
pleuraient ; et elle aura ainsi occupé dans
ce siècle, au second rang si l'on veut et bien
au-dessous des noms illustres dans la poésie
qu'il a vus naître, une place honorable, où
elle n'est pas encore remplacée, ni oubliée.

III

Une aussi belle personne, objet de tant
de triomphes, de si hautes admirations, de
si glorieux suffrages, avait dû, on le suppose,
inspirer de grandes et légitimes passions.
Ses succès avaient même fait naître dans
l'esprit de certaines gens à projets une con-
spiration assez curieuse pour être racontée
avec quelques détails.

C'était tout à fait à la fin du règne de
Louis XVIII, au milieu de cette année 1824
où Delphine Gay avait publié son premier

volume de vers. Or, à ce moment, on ne prévoyait pas encore la mort prochaine du roi, et M. le comte d'Artois s'ennuyait. Quand un prince s'ennuie, il sait toujours le laisser voir, car ses courtisans sont là, chargés de trouver le remède, sans même qu'on le demande, et, qui plus est, d'en essayer l'effet, sans même avoir prévenu le maître qu'on l'a découvert. Monsieur vieillissait, la chasse le fatiguait parfois ; sa petite cour était restreinte, parce qu'il y manquait les éléments jeunes et gais qui auraient pu la vivifier et la distraire ; en un mot, si Monsieur s'ennuyait, on ne s'ennuyait pas moins chez lui et autour de lui. Quelques vieilles dames de l'ancien régime, et qui avaient été belles et courtisées à l'époque où le comte d'Artois était lui-même jeune et galant, ourdirent secrètement une petite machination qui avait pour but de marier morganatiquement le prince à une jeune et belle personne, que sa naissance devait empêcher de prétendre à une union plus avouée, mais dont la conscience serait cependant tranquillisée par un mariage clandestin. La dame en question eût joué près du comte d'Artois, avec le charme et la jeunesse en plus, le rôle que jadis madame de Maintenon avait si longtemps rempli, et avec tant de succès, auprès de son aïeul Louis XIV.

Les complices de cet ingénieux projet songèrent tout d'abord à Mlle Gay pour leur héroïne; Monsieur la connaissait pour l'avoir rencontrée chez une dame de la cour, où elle avait récité des vers en sa présence, et où le prince lui avait témoigné —ainsi d'ailleurs qu'il le faisait avec toutes les femmes —beaucoup d'attention, de gracieuseté et de respect. On en conclut cependant qu'il devait l'avoir suffisamment remarquée pour n'être point resté insensible à ses charmes, surtout si le tableau lui en était représenté. On l'entreprit en effet, mais on trouva dans le prince une indécision et une insouciance provenant de sa fatigue et de son ennui, et qui empêchèrent de brus-

quer la solution désirée. Ce n'est pas qu'il
refusât positivement, mais il voulait attendre;
il n'était pas prêt, il préférait prendre son
temps et réfléchir mûrement avant de se
prononcer. Toutefois, il consentit à revoir
la belle Delphine Gay, mais sans qu'elle sût
l'intérêt de cette rencontre, et — ce n'est
que bien longtemps après qu'elle connut
cette intrigue—il fut aussi poli et empressé
que la première fois, mais non moins irré-
solu. Sur ces entrefaites, Louis XVIII mourut ; le comte d'Artois devint Charles X, et
l'affaire entreprise fut tout à fait abandonnée.

A la même époque un parti plus sérieux
se présenta ; le baron de Lagrange mit aux
pieds de la muse naissante ses hommages et
sa fortune. Il avait plu ; on l'avait accepté.
Les choses allèrent même fort loin, mais le
mariage fut rompu presqu'à la veille de se
conclure. Pour quelle cause? Je n'en sais
rien, et je laisse au lecteur, à qui cela d'ailleurs importe sans doute fort peu, le droit
d'accepter pour vrais les invraisemblables

motifs trouvés à cette rupture par l'esprit inventif de l'illustre Jacquot (de Mirecourt).

Il fut aussi question, pendant le voyage que firent à Rome Mme Gay et sa fille, d'un mariage magnifique avec un prince romain quelconque, que la vue et les triomphes de la muse avaient ravi. Ce projet n'eut pas non plus de suites. Mme de Girardin y a fait allusion deux fois, dans ses poésies : d'abord dans la pièce de vers adressée à sa sœur lorsqu'elle revint d'Italie, et qui est intitulée *le Retour* :

Je reviens dissiper le vain bruit qui t'alarme ;
De ces beaux lieux, ma sœur, j'ai senti tout le charme,
Mais loin de mon pays, sous les plus doux climats,
Un superbe lien ne m'enchaînera pas !
Non, l'accent étranger le plus tendre lui-même
Attristerait pour moi jusqu'au doux mot : Je t'aime !
    Un sort brillant par l'exil acheté
Comblerait mes désirs !... Ma sœur n'a pu le croire.
D'un plus noble destin mon orgueil est tenté,
    Un cœur qu'a fait battre la gloire
      Reste sourd à la vanité.

Puis, longtemps après, dans la protesta-

tion adressée à la Chambre, lors de l'exclusion de son mari, en 1839 :

> Celle qui préféra l'humble toit de sa mère
> Au dôme d'un palais sur la terre étrangère.....

C'est seulement en 1831 qu'elle épousa
Emile de Girardin. Quand ils se connurent,
il s'appelait simplement *Emile*; il signait
ainsi dans les divers journaux où il écrivait
alors; il n'avait point encore de fortune et
pas de nom. Il fut reçu chez Mme Gay à la
suite de lignes élogieuses publiées par lui
sur sa fille, et dont celle-ci désira le remer-
cier. Cette nature ardente, impressionnable,
enthousiaste et que les entreprises multiples
et le tourbillon des affaires n'avaient pas
encore troublée ni surmenée, devait plaire
à cette autre nature alors si idéale, plus
attirée certainement par la position pleine
d'intérêt de cet « *Antony* » qui s'offrait à
elle, que par les millions et le titre qu'elle
avait pu récemment accepter. C'était d'ailleurs, cet Emile innommé, un homme d'es-

prit et de tête, d'une ambition très-grande, formant déjà mille projets inexécutables qu'il a exécutés depuis, rêvant la fortune et les aventures, ne redoutant ni la peine ni le travail, prêt à tout supporter et à tout souffrir, à tout tenter et à tout oser pour parvenir, sauf à trouver la ruine et peut-être la mort sur son chemin. Il y avait quelque chose de très-chevaleresque et de très-fier dans ce caractère audacieux et hardi, qui, nous le savons tous aujourd'hui, a tenu plus que sans doute il ne s'était promis, et a su parvenir à un sommet où peut-être il n'avait jamais pensé atteindre.

Il n'avait point de nom; il pouvait s'en faire un, et certes il l'aurait rendu bien vite célèbre. Mais, connaissant son père, il trouva mieux et plus juste, en dépit de la loi qui défend la recherche de la paternité, de prendre le nom auquel, selon la nature et selon lui, il croyait avoir des droits imprescriptibles et irréfutables.

Un biographe, aujourd'hui en retrait

d'emploi, mais qui a beaucoup biographié sous le dernier règne, et qui, comme tel, s'est même fait à cette époque une très-grande et très-périlleuse notoriété, me racontait récemment la curieuse histoire de cette course à la paternité. Je n'ai ni le loisir ni les moyens de vérifier l'authenticité de l'anecdote, et d'ailleurs, vraie ou fausse, il me semblerait dangereux de la donner au lecteur, en ce temps de lois restrictives qui nous interdisent si sévèrement, et sous peine de tant de punitions très-afflictives sinon infamantes, la moindre invasion dans le domaine, que dis-je? dans le sanctuaire de la vie privée. Mais, d'après mon anecdote, le moyen employé par Émile pour obtenir du général de Girardin le droit de porter son nom en qualité de son fils fait autant d'honneur à l'esprit de celui qui l'a employé, qu'au cœur de celui qui s'y est laissé prendre.

C'était d'ailleurs un gentilhomme des plus braves et des plus distingués que le grand veneur de S. M. Charles X. A Austerlitz on l'avait vu à la tête d'une poignée de soldats, — dix ou douze tout au plus, — faire 400 prisonniers et s'emparer de quatre pièces de canon. En Russie, au combat d'Ostrowno, il avait forcé, avec deux compagnies déjà diminuées par le feu de l'ennemi, 6,000 Russes à reculer devant lui. Napoléon l'avait créé général de division pendant la campagne de France, où il avait accompli des prodiges. Enfin Louis XVIII et Charles X lui confièrent successivement le poste de grand-veneur. En laissant prendre à un fils, sur lequel il ne comptait pas, le nom qu'il n'avait d'abord pas voulu lui donner, le général de Girardin s'est illustré lui-même. Car, hélas! tous ces noms de guerre magnifiques du premier Empire, si nombreux et si innombrables, — la mort faisait chaque jour tant de place à de nouveaux héroïsmes qui n'avaient souvent que bien juste le temps de se produire, — tous ces noms ont disparu et se sont fondus en quelque sorte dans l'au-

réole immense qui entoure l'immortelle re-
nommée de Napoléon. Combien de ces gé-
néraux, illustres en leur temps, sont à peu
près inconnus au nôtre! Combien sont morts
tout entiers, ensevelis sur le champ de bataille ou englobés dans la gloire, hélas!
inutile pour eux, du triomphe des autres!

Le général de Girardin eût été de ces
derniers, et je ne crois pas paradoxal de dire
qu'en permettant à son fils illégal de porter
le nom dont il aurait pu toujours lui con-
tester la possession, il a fait plus pour lui-
même que pour l'inconnu d'alors, qui eût
rendu éclatant quelque nom qu'il lui eût
convenu de prendre[1].

1. Le général de Girardin a vécu assez, d'ailleurs,
pour assister aux phases diverses de la fortune et des
triomphes de son fils et de sa belle-fille. Il a même survécu plus d'un mois à cette dernière, étant mort seulement le 5 août 1855, à l'âge de 79 ans.

IV

L'union de M. Emile de Girardin et de Mlle Delphine Gay fut célébrée le 1er juin 1831.

De cette époque date la seconde manière de Mme de Girardin, et sa deuxième incarnation comme écrivain. Elle va abandonner la poésie proprement dite, la poésie pure ; le Courrier de Paris et le théâtre vont l'attirer à eux, absorber ses rares et aimables facultés, les étendre, les développer, et lui faire donner une mesure plus grande et plus large de son talent. Elle publiera encore, en 1833, ce poëme étrange de *Napoline* dont j'ai parlé plus haut, mais ce sera là sa dernière tentative poétique; la voie nouvelle où nous allons la voir entrer lui réserve, non pas ses plus heureux triomphes au point de vue des joies qu'ils ont pu lui procurer, mais ses meilleures et ses plus sérieuses victoires aux yeux du public actuel, médiocrement friand de poésie, et qui a un peu oublié en elle la jeune muse d'autrefois.

La voici de prime abord mêlée à la vie tumultueuse et orageuse de son mari. C'est, en effet, l'heure des entreprises accumulées, c'est l'heure d'un continuel risque-tout qu'on pourrait aussi bien appeler un casse-cou commercial et littéraire, et où le publiciste éminent va inaugurer sa réputation; c'est l'heure, en un mot, de la régénération de la presse en France que cet homme diabolique, remuant et bouillant, va bouleverser de fond en comble, à coups d'annonces, d'affiches, de

réclames, de duels, de « boniments » de
toutes sortes, d'articles à sensations, de
promesses et de séductions, de primes
et de bon marché ; et Dieu sait avec quelle
habileté, quelle verve furibonde et quelle
aptitude merveilleuse ! Que les moyens em-
ployés n'aient pas toujours été d'une exces-
sive convenance, cela n'est point à examiner
ici ; je ne biographie point M. de Girardin,
mais bien Mme de Girardin, et j'insiste sur
la vie de son mari et sur ses affaires seulement à propos de l'influence qu'elles ont
pu avoir sur les idées, les sentiments et le
talent de la femme d'esprit qui a si bien
porté son nom.

Elle est donc entrée tout à fait dans ce
tourbillon vertigineux où certes la poésie
n'est plus de mise. Son mari, avant d'être
le publiciste fameux qu'il est devenu, est
tout d'abord un homme d'affaires. Elle va
vivre avec lui de sa vie de chiffres et de spé-
culations, sans rien perdre de son esprit,
mais au contraire le mûrir, et lui donner

plus de force et de puissance, plus de souplesse, de variété et d'influence. La populaire Mme de Girardin date vraiment de l'é-
poque de ses Courriers de Paris, à la *Presse.*
La poète, la muse, la belle et blonde iuspi-
rée, Mlle Delphine Gay enfin, était surtout
connue dans les cercles du grand monde,
où elle était admise pour son talent, sa dis-
tinction et sa beauté. Elle y régnait, mais
d'une royauté restreinte.La poésie d'ailleurs
ne convient pas à tout le monde; les esprits
délicats — et combien en comptons-nous de
vraiment dignes de ce nom? — pouvaient
seuls goûter son talent et apprécier ses productions; la foule les connaissait de réputation, mais ne les lisait guère. Mais le jour
où elle écrivit dans le journal de son mari,
dans cette *Presse* ambitieuse qui venait ré-
volutionner le journalisme et y faire une
trouée telle, que les résultats qu'elle a pro-
duits subsistent encore de nos jours, agran-
dis et améliorés, mais toujours sur les bases
et par les moyens mis en œuvre par elle;

quand elle eut cent mille, deux cent mille, peut-être un million de lecteurs, son triomphe prit des proportions vraiment inattendues.

Le journal *la Presse* parut pour la première fois le 1er juillet 1836; au mois de septembre suivant[1], Mme de Girardin y commença cette série charmante de lettres parisiennes, depuis réunies en volumes, et qu'elle signa du pseudonyme, très-transparent dès son début, de vicomte de Launay.

Cette fois Mme de Girardin est vraiment dans sa voie, et tout à fait à son aise dans ce travail nouveau où dès le premier jour elle est un maître. Elle n'y a pas reçu de leçons, elle en a donné à tout le monde ; elle a créé mille élèves, fait de pâles et médiocres imitateurs, donné naissance à d'innombrables copistes ; mais elle est toujours restée à leur tête, les tenant à sa suite et bien loin d'elle. C'était là véritablement son gé-

1. Ses articles paraissaient le vendredi.

nie, et elle y a déployé pendant douze ans toutes ses grâces les plus charmantes, dans un style parfait pour la chose, le style même du Courrier de Paris, ce style de la causerie élégante, mais naturel et sans prétention. Elle a su l'adapter à tous les genres de choses qu'elle passe en revue dans ses étincelantes Chroniques; la politique lui est aussi familière que les récits de boudoirs, et elle plaisante aussi agréablement les ministres que les comédiens; elle confond et mêle tout le monde dans son amusante galerie, et elle sait donner à cette confusion même un charme infini; elle passe « du grave au doux, du plaisant au sévère, » de la danseuse à l'évêque, du baladin au souverain, de l'épicier au grand seigneur, avec une verve et une prestesse sans égales. C'est une équilibriste sans pareille, toujours sur le droit chemin, ni trop à gauche, ni trop à droite, jamais exagérée dans le mal ou dans le bien qu'elle peut dire des choses et des gens, toujours égale, toujours convenable, moqueuse avec bon ton, critique d'un goût sûr et parfait, jamais aigre, point méchante ni injuste; en un mot, exquise en toutes ces choses mélangées de vérités et d'inventions, de sérieuses et plaisantes boutades, et n'ayant jamais donné lieu à une récrimination ni à une inimitié.

Je viens de les relire, ces quatre volumes réimprimés par Michel Lévy, sous le titre de *Vicomte de Launay* ; ils sont encore aussi amusants aujourd'hui qu'autrefois, et ils n'ont rien perdu de leur saveur des premiers jours. Je suis tout étonné, à vingt ans de distance, de retrouver si jeunes et si frais ces légers et ravissants petits écrits, sérieux parfois sous leur apparence frivole, badins et sans malice mauvaise, qui sont encore aujourd'hui des modèles. Ah! que nos faiseurs d'épigrammes d'à-présent modèrent donc leur fougue, qui se donne si souvent carrière à propos des choses personnelles et privées de la vie de chacun! que l'amour de l'indiscrétion ne les conduise pas à l'inconvenance! qu'ils relisent ces pages où je les mets au défi de trouver un mot blessant, une attaque injuste, une diatribe irréfléchie! De la gaieté, de la plaisanterie décente, beaucoup de finesse, de petites histoires et de petits récits, de l'à-propos, et jamais de ces inqualifiables agressions comme on en pourrait citer précisément dans ces derniers temps, qui font de la presse de nos jours le croquemitaine des honnêtes gens, et des journalistes en général, condamnés tous en masse pour les délits particuliers de quelques-uns d'entre eux, de ces êtres réprouvés, que les prud'hommes de tous les partis attachent au pilori de leur famille et de la société!

Il ne faudrait cependant pas se méprendre sur la portée que je veux donner aux Courriers de Paris du Vicomte de Launay. L'auteur n'a jamais songé à offrir à ses contemporains une étude sérieuse et élevée des mœurs, des moralités et immoralités de la société au milieu de laquelle elle vivait,

Elle, moraliste? Non pas! Causeuse, belle diseuse, raconteuse, voilà tout, sans la prétention au La Rochefoucauld ni au La Bruyère dont elle est, certes, fort loin! Elle ne cherche jamais à s'élever au-dessus du courant de la vie du jour; elle reste toujours dans l'à-propos, et cependant son livre, en traversant les années, en ayant acquis « de l'âge, » n'a point pris de rides ni de cheveux blancs; il a toujours vingt ans!

La vogue de ces *Lettres parisiennes* fut considérable; on se les passait de mains en mains, on s'en disputait la lecture. C'était une mine de mots plaisants et de fines allusions aux événements du jour, faciles à retenir et à redire, et qui se colportaient de salons en salons. On avait ainsi un sujet de conversation tout trouvé, tout fabriqué pour quelques heures, et en parlant du feuilleton on parlait de l'auteur, dont la réputation en ce genre d'écrits devint presque aussitôt populaire.

On peut donc dire, à coup sûr, que Mme de

Girardin fut pour beaucoup dans le succès éclatant si rapidement obtenu par le journal *la Presse*. Au lendemain des romans à sensation et à interminables intrigues, plus soucieux d'intéresser et de captiver le lecteur que de former son goût littéraire, on était tout heureux et comme reposé du gros tragique de ces drames à épées à la mode du jour, en trouvant pour une soirée leur place prise par ce feuilleton hebdomadaire, si fin d'esprit et de style, et qui résumait si légèrement, et sans blessures pour qui que ce soit, toutes les questions les plus graves comme les plus futiles de la semaine.

V

Les articles du Vicomte de Launay, que
tout le monde savait bien être de Mme de Girardin, lui valurent très-vite des relations
dans la haute société, ainsi que des liaisons
littéraires de toutes sortes, que d'ailleurs la
position de son mari lui avait déjà forcé-
ment ménagées. Elle dut bientôt, à cause
de cette position même, recevoir, tenir table presqu'ouverte, et donner à la maison
conjugale l'aspect et la tenue que devait
avoir la résidence du rédacteur en chef du

journal important que dirigeait son mari. Je ne veux pas la suivre dans ses diverses et successives demeures, rue Saint-Georges, ou rue Lafitte ; je conduirai tout de suite le lecteur à la dernière habitation de Mme de Girardin, à ce petit hôtel de la rue de Chaillot, où sa gloire a grandi et vécu, et où cette *dixième Muse,* — elle se laissait un peu trop complaisamment, ce me semble, qualifier ainsi, comme jadis elle s'était elle-même baptisée *Muse de la Patrie !* — a rendu le dernier soupir.

Tout le monde connaît ce petit temple grec bâti sur le modèle de l'Erectheum, à l'entrée de la rue de Chaillot, par M. de Choiseul, qui avait pris dans la patrie de Périclès le goût des frontons en triangle, supportés par la classique colonnade. Un grand jardin, — je parle d'alors, — entoure le Temple ; une grille le sépare des Champs-Élysées, et une allée de marronniers magnifiques en dérobe la vue de ce côté aux promeneurs indiscrets. Le logement est petit et incommode : au rez-de-chaussée, une salle à manger et deux salons, le grand servant aux réceptions du soir, le petit occupé pendant le jour par la maîtresse du lieu. L'ameublement est médiocre, les tentures ordinaires; point de luxe, et surtout l'absence de ce confort si compliqué de nos jours et qu'on peut cependant se procurer sans trop de dépense. Il semble que la Muse ait tenu beaucoup à montrer que c'est elle, elle seule qu'on venait voir, et qu'elle ait voulu proscrire de son salon tout ce qui, en dehors d'elle, devait attirer et détourner les yeux et l'esprit du visiteur. A l'étage supérieur, la chambre à coucher et le petit appartement de Madame; au second, une petite rotonde où se trouve le cabinet de travail de Monsieur, et où il reste enfermé une partie du jour, livré au travail, n'aimant pas être dérangé ou distrait, et ne recevant jamais que ceux qui le viennent voir pour ses affaires.

Mme de Girardin travaillait dans son petit salon, enfermée dans un grand paravent chinois qui formait autour d'elle comme une double clôture contre les interrupteurs, bien qu'elle trouvât plaisir cependant à être interrompue par la visite de quelqu'un de ses intimes. Comme elle ne recevait personne dans le jour, à part les privilégiés, elle ne s'habillait jamais que pour le soir. Jusqu'au dîner elle restait vêtue d'un peignoir blanc, très-large, sans ceinture ni cordelière; et même lorsqu'elle travaillait, ne pouvant se sentir gênée par quoi que ce soit, elle jetait loin d'elle les peignes et les épingles qui retenaient ses cheveux, qu'on voyait alors flotter libres sur ses épaules dans leurs touffes immenses. Si l'ami qui la venait voir était tout à fait dans ses particulières bonnes grâces, et qu'elle le crût digne du sans-gêne de sa tenue, elle l'admettait sur son divan, auprès d'elle, sans rien changer à sa toilette. Elle continuait le plus souvent à écrire, tout en bavardant avec le nouvel arrivé, l'interrogeant et profitant pour son travail d'un renseignement, d'une nouvelle, d'un mot d'esprit que son interlocuteur lui livrait dans la conversation.

En été, elle abandonnait ce salon pour le jardin; elle faisait alors dresser au milieu de la pelouse une tente algérienne où elle se réfugiait pour travailler, et aussi pour donner audience. On y transportait sa table, son pupitre en marqueterie, quelques pliants, et sa vie se passait ainsi, sans promenades, qu'elle aimait peu, et sans visites au dehors qu'elle faisait le moins possible.

Le soir arrivé, c'était le moment du cercle de la muse. Vêtue d'une robe de velours noir qui avantageait son teint et sa mâle beauté, tout en cherchant à la mignardiser, — ce qui devenait chaque jour un peu plus difficile, — Mme de Girardin recevait dans son grand et son petit salon réunis tout le Paris lettré, tout le Paris blasonné, tout le Paris célèbre. On venait chez elle de tous les quartiers de la ville, et comme jadis chez sa mère, tous les partis s'y rencontraient, oubliant pour quelques heures leurs fétiches

et leurs querelles. D'ailleurs, il était là peu
question de politique, et la littérature y do-
minait en maîtresse absolue. On y causait
des choses nouvelles qui y avaient trait, on y
lisait des vers, des comédies ou des drames
inédits, et Mme de Girardin surtout faisait
souvent connaître à l'avance, à ce public
choisi et privilégié, les œuvres qu'elle allait
bientôt livrer aux théâtres ou aux journaux.
M. de Girardin venait rarement à ces
réunions, et il n'y faisait que de courtes et
rapides apparitions. Quant à sa femme,
toute la soirée sur la brèche, répondant à
tous, aimable pour tous, vive, enjouée, étincelante, prête à toute attaque comme à
toute réplique, elle était vraiment l'âme et
l'attrait de ces réunions par son esprit, sa
verve et son inaltérable entrain.

Un moderne critique, qui critique encore
à l'heure présente, M. de Pontmartin, a
retracé dans un livre célèbre, et qui a fait
un bruit terrible il y a quelques années, *les
Jeudis de Madame Charbonneau*, le souvenir

d'une lecture chez Mme de Girardin. Je donne, à la fin de ce petit livre, quelques passages de ce tableau forcé, poussé à la charge et à la caricature, et qui n'est à peu près vrai que dans les lignes consacrées au portrait physique d'alors de la déesse du temple de la rue de Chaillot. Car, il faut l'avouer, Mme de Girardin prenait en effet, avec les années, une physionomie plus rude, plus dure; sa grâce était forcée, son charme minaudait et manquait de vérité parce qu'il y avait peut-être en elle de la prétention à en trop montrer; ses traits « se virili- « saient »; elle n'était plus vraiment femme par la finesse et la délicatesse des formes; elle tournait à l'embonpoint, devenant dis- gracieuse, surtout parce qu'elle ne voulait pas s'apercevoir de l'effet terrible et irrépa- rable que les ans avaient produit sur elle.

Mais son esprit, certes, était toujours jeune, toujours vif, toujours brillant; et voilà pourquoi la diatribe précitée de M. de Pontmartin nous a toujours semblé souverainement exagérée et injuste. Elle était à Paris la reine incontestée des beaux esprits, et son salon y était le plus célèbre et le plus connu de ceux où l'on se piquait de vraie littérature. Elle y trôna jusqu'au dernier jour, et, en dépit des médisances, elle fut regrettée de tous ceux qu'elle y reçut.

En effet, elle ne s'était jamais fait d'ennemis. Les variations de la politique, les changements de gouvernement, le passage de la royauté à la république et le brusque déchirement de celle-ci remplacée par l'Empire, n'avaient en rien diminué ses amitiés pour ceux qui avaient suivi les fluctuations des événements, et dont les idées s'étaient modifiées trois ou quatre fois avec eux. Elle continuait à les voir; elle leur témoignait les mêmes égards, et pour certains la même tendresse. La politique ne l'occupa qu'au point de vue de son mari, qui s'y trouvait si fortement mêlé, et qui joua dans les jours les plus difficiles un rôle si hasardé et si périlleux. Quant à elle, ses opinions étaient douces, mais solides; elle avait horreur du sang, du bruit des fusils dans la rue et de l'odeur de la poudre. Elle était paisiblement républicaine, mais elle rêvait la république antique, cette république des poëtes, impossible de nos jours, et qui a jadis formé le monde et donné des héros.

Le livre de M. de Pontmartin a paru longtemps après la mort de celle qu'il a surnommée *Marphise*,—en 1862;—c'était donc là une injure posthume bien inutile et qui n'a guère d'excuse. La femme attaquée n'était plus là pour se défendre, et l'accueil fait aux *Jeudis de Madame Charbonneau*, même et surtout par ses amis [1], qui avaient aussi été ceux de la muse, a dû prouver à M. de Pontmartin que tous les rieurs n'étaient pas suffisamment de son côté. Et voilà comment Mme de Girardin fut vengée, sept ans après sa mort, par ceux qui avaient jadis le plus illustré son salon.

1. Qu'on se souvienne que M. Sandeau, à qui le livre était dédié, exigea la suppression de la dédicace à la deuxième édition.

VI

Mais, dans mon impatience de parler au
plus vite de ces Courriers de Paris, qui ont
surtout fait la gloire de Mme de Girardin,
j'ai omis de citer au passage, et à leur date
de publication, les quelques romans qu'elle
écrivit dans les premières années de son
mariage. Je n'en veux pas faire l'analyse,
qui m'entraînerait trop loin et en dehors du
cadre restreint de cette brochure ; et d'ailleurs, à mon sens, les romans de Mme de
Girardin sont loin d'être ce qu'elle a produit

de mieux. L'invention en est pauvre, l'intrigue s'y traîne un peu sans grand intérêt; on y trouve beaucoup d'invraisemblance et des sentiments souvent faux; le style en est brillant, mais parfois maniéré; il y a de l'esprit, comme toujours, de la verve, de la vérité dans quelques descriptions, certaines études de mœurs amusantes, mais rien « d'empoignant » ni de vraiment ému; elle est, en un mot, insuffisante, incomplète, mais toujours avec un certain talent qui a donné quand même à ce genre d'œuvres sorties de sa plume une vogue et une célébrité qui durent encore aujourd'hui.

En 1831 parut le *Lorgnon*, suivi bientôt d'un recueil de contes écrits par Mme de Girardin pour les enfants de sa sœur, sous ce titre : *Contes d'une vieille fille à ses neveux* (1832). En 1835, *le Marquis de Pontanges*, autre roman dont la deuxième partie offre une étude curieuse de la vie parisienne, comme la voyait l'auteur. En 1836, une nouvelle assez ingénieuse, *la Canne de*

Monsieur de Balzac, puis beaucoup plus tard, en 1853, *Marguerite, ou les deux Amours*, œuvre invraisemblable et larmoyante, mais qui a cependant obtenu un très-vif succès; enfin, dans la même année, une petite et touchante nouvelle : *Il ne faut pas jouer avec la douleur*.

Le premier de ces romans, *le Lorgnon*, en est demeuré le plus célèbre, et c'est réellement le meilleur. L'esprit y abonde, car ce n'est qu'un roman d'esprit, où l'intrigue n'existe pas, et qui sait d'ailleurs très-bien s'en passer. Il me semble que Mme de Girardin devait s'inquiéter fort peu d'un plan bien tracé et bien suivi. Elle ne savait ni charpenter ni machiner, son théâtre l'a prouvé plus tard; mais elle sauvait l'invraisemblance et le peu de solidité de la fable par l'agrément et le charme des détails. Ses romans, comme ses Courriers de Paris, ont triomphé par l'abus de l'esprit. Ne triomphe pas ainsi qui veut!

En 1846 elle avait pris part, avec trois des plus charmants esprits de son temps,

Méry, Gautier et Sandeau — et ces deux
derniers nous charment encore aujourd'hui
—à un singulier tournoi littéraire, qui con-
sistait en une série de lettres que ces quatre
habiles écrivains s'adressaient successivement et à tour de rôle, sans aucun plan pré-
conçu, sur un sujet dont le premier devait
imaginer le commencement, que le second
continuerait, jusqu'à ce que la réunion de
cette série de lettres constituât un tout
bien terminé. On appela ce véritable steeple
chase à l'esprit la *Croix de Berny*, par allusion sans doute aux courses de chevaux
que ce tournoi représentait quelque peu, et
l'on peut dire, sans flatterie, que dans ce
pari celui des quatre jockeys littéraires qui
arriva premier fut Mme de Girardin[1].

1. On trouvera, aux appendices, des détails bibliographiques sur chacun des ouvrages que je viens de citer.

VII

J'ai encore à parler de son théâtre, et j'aborde la troisième transformation de ce talent distingué, ce que je puis appeler « sa troisième manière. »

La première pièce de Mme de Girardin, *l'Ecole des Journalistes*, comédie en cinq actes et en vers, donna lieu à un scandale littéraire qu'on a peine à comprendre aujourd'hui. Les sociétaires du Théâtre-Français la reçurent à l'unanimité le 24 octobre 1839, mais la censure en défendit la représentation. Cela avait lieu, s'il vous plaît,

sous le règne du bon roi Louis-Philippe, qu
passe aujourd'hui pour avoir été le modèle
des rois indépendants et amoureux de la
liberté de leurs peuples, et qu'on appelait
alors un despote et un tyran. Ainsi va le
monde, chez nous du moins : le prince qu
règne est toujours le plus mauvais des princes, et il n'est proclamé parfait que le jour
où il est mort ou tombé, par opposition à
celui qui le remplace, lequel ne deviendra
parfait à son tour qu'après sa chute ou sa
mort, et ainsi de suite jusqu'à la consom-
mation des siècles ou des rois ! Donc, la
censure de cet impitoyable Louis-Philippe
interdit l'*Ecole des Journalistes*. Grand
bruit, comme toujours autour des choses
interdites ; sans la connaître, tout le monde
parle de la pièce ; sur le titre, on juge que
les journalistes y sont plus ou moins vili-
pendés, et deux camps se forment pour ou
contre ; le public est intéressé, intrigué,
captivé, et il attend avec impatience que
l'auteur publie son œuvre:

Mme de Girardin avait donné lecture de sa comédie chez elle, à son cercle du soir, où elle n'avait pas soulevé les protestations qu'on avait supposées; la pièce parut en 1840 seulement, elle eut deux éditions de suite, on la lut avec avidité et sans grand intérêt, j'imagine, et puis il n'en fut plus question. La curiosité, longtemps tenue en haleine, s'était vite satisfaite et apaisée. Mais en la relisant aujourd'hui, éloigné de près de trente ans déjà de l'époque où elle a fait tant de bruit, on est obligé de convenir que l'ex-tyran Louis-Philippe rendit à Mme de Girardin un véritable service, en empêchant le Théâtre-Français de jouer sa pièce. Je crois que jamais chute n'aurait été plus éclatante, car jamais pièce ne fut plus ordinaire ni plus pauvre : quelques scènes assez gaies offrant, d'abord avec esprit, la critique banale, si souvent faite et refaite, des prétendus us et coutumes de Messieurs les journalistes; puis tout à coup une œuvre tournant au mélodrame le plus usé et le plus vulgaire, et cette sa-

tire soi-disant mordante et terrible se ter-
minant comme une pièce de la Porte-Saint-
Martin ou de l'Ambigu, et montrant trop
facilement que le souffle dramatique avait
manqué à l'auteur, et que l'œuvre entreprise
—et réentreprise, combien de fois encore
depuis, sans plus de succès!... — était au-
dessus de ses moyens et de ses forces.

Elle voulut prendre sa revanche quelques
années après : le 24 avril 1843, le Théâtre-
Français représenta sa tragédie biblique
Judith, en trois actes et en vers. C'est à la
prière de Mlle Rachel, alors à l'apogée de
sa vogue et de son talent, que Mme de Girardin avait écrit cet ouvrage, et ce fut aussi
Rachel qui le joua, en compagnie de Beauvallet, Leroux, Paul Laba, et de Mmes Maxime et
Denain. La pièce eut peu de succès, malgré
les beaux vers qu'elle renferme; mais elle
était mal conçue, d'un intérêt médiocre et
d'une invraisemblance par trop choquante :
on y voit, en effet, Judith partagée entre le va-
gue amour qu'elle ressent pour Holopherne

et le désir qu'elle a de le tuer. Mlle Rachel elle-même, mal servie par ce rôle manqué, le rendit assez mal, et la pièce fut bientôt abandonnée.

Cléopâtre, deuxième tragédie en cinq actes et en vers, obtint, quatre ans après, un succès qui dut consoler Mme de Girardin de l'échec de *Judith*. Rachel prêta encore le concours de son talent à l'auteur, devenue son amie; elles traitaient alors entre elles, en effet, sur un pied de très-grande intimité, et la Muse recevait à dîner « la grande » Rachel, qui vint aussi parfois déclamer des vers à ses soirées. C'est le 13 novembre 1847 que Beauvallet, Maubant, Raphaël Félix, et Mmes Rachel et Rimblot, représentèrent *Cléopâtre* à la Comédie-Française. Le succès en fut très-vif; de très-beaux vers, une pièce intéressante et bien menée, des caractères posés selon la vérité historique et vrais jusqu'au bout, une mise en scène luxueuse, et le talent de Rachel, qui se montra très-belle et très-remarquable dans ce rôle aussi difficile qu'étendu. *Cléopatre* restera comme la meilleure tentative de Mme de Girardin dans le genre dramatique élevé, et comme son œuvre théâtrale la plus littéraire et la plus sérieuse.

Le 1er mai 1851, la Comédie-Française représenta sa petite comédie-proverbe : *C'est la faute du mari*, un acte en vers, que jouèrent Maillart, Delaunay, Monrose, Mmes Allan, Favart et Bonval. C'est une jolie pièce, où brillent à la fois l'esprit, la finesse et le sentiment, et qui a pu ainsi se passer d'une bien grande originalité. D'ailleurs, les artistes la firent admirablement valoir ; Mme Allan, surtout, y trouva l'une de ses meilleures créations ; on la donna longtemps, et je ne sais trop pourquoi on ne la reprend pas de nos jours.

Deux ans plus tard, Mlle Rachel interprêta encore une pièce de Mme de Girardin, qui composa à l'intention de la grande artiste un drame en prose : *Lady Tartuffe*, cinq actes représentés au Théâtre-Français, le 10 février

1853. La pièce fut admirablement montée et jouée par l'élite des acteurs : Samson, Maillart, Regnier, Maubant, Mmes Allan, Jouassain, et cette blonde et espiègle Émilie Dubois, qui faisait ses débuts dans le plus joli rôle de l'ouvrage. Le succès ne fut pas considérable; le rôle principal n'était pas dans les cordes de Rachel, et il était d'ailleurs odieux et sans intérêt. La pièce est médiocrement faite, l'intrigue en est si mince qu'il a fallu bien du talent pour la développer pendant cinq actes, et ce talent a été dépensé en pure perte. Cependant Rachel attira durant quelques soirées la foule curieuse de voir en robe de ville la tragédienne de Racine et de Corneille, et d'entendre parler en prose la prêtresse éminente de ces dieux de la poésie dramatique, qui descendait rarement de son trépied.

Combien je préfère à ce banal mélodrame, aujourd'hui oublié, la pièce qui vint ensuite, cette *Joie fait peur*, qui, avec les Courriers de Paris du Vicomte de Launay, a donné à Mme de Girardin la popularité que ses autres œuvres lui auraient plus difficilement acquise. C'est loin d'être une œuvre absolument littéraire que cette petite pièce qui dure une heure à peine, sans intrigue, sans amour, et qui a triomphé, et qui triomphe tous les jours encore, par la force seule du sentiment et de la vérité. Que de pleurs elle a fait répandre, que de rires elle a provoqués, se mêlant et s'entremêlant dans ce drame intime, où en si peu de temps se déroulent tant de poignants et de douloureux événements, au milieu desquels les passions les plus nobles, l'amour maternel et l'amour filial, se trouvent aux prises, d'un côté avec la douleur la plus grande, de l'autre avec la joie la plus forte et aussi la plus terrible, la joie qui tue ! Avec quel art l'idée de la pièce est développée, avec quelle délicatesse surtout, quelle sûreté de main, quelle dextérité ! Il faut apprendre à cette mère désolée, désespérée, que ce fils qu'elle pleure, il est là, à sa porte, chez elle, qu'il va tomber dans ses bras ; et c'est par gradation qu'on arrive au résultat, et avec que de soins, que de peines, que d'inventions exquises, et que de pieux mensonges ! Comme tout se suit et s'enchaîne dans cette comédie que jouent ces enfants pour tromper leur mère, lui déguiser leur joie, eux qui savent que le frère et l'amant est revenu, et laisser éclater tout à coup, et seulement à temps, l'ivresse qui fait à la fin déborder leur cœur.

La Joie fait peur n'a ni l'ampleur de *Cléopâtre*, ni sa valeur littéraire, ni ses morceaux souvent magnifiques, et cependant son succès sera plus durable que celui de tous les autres ouvrages de Mme de Girardin. Et comme ce petit drame était joué par Delaunay, Régnier, qui y obtint un véritable et juste triomphe, Guichard et Mmes Allan, Fix et Dubois ! Sa première représentation eut lieu au Théâtre-Français, le 24 février 1854.

Dans la même année, Mme de Girardin

remporta une victoire d'un autre genre, avec une petite pièce qui peut servir de pendant à *la Joie fait peur*, mais par l'emploi des moyens lès plus opposés. Elle donna à l'ex-théâtre de Madame, au Gymnase, le 16 décembre 1854, cette folle et inénarrable bouffonnerie qui s'appelle *le Chapeau d'un horloger*. Le succès en fut d'autant plus grand que la *Joie fait peur* attirait encore à ce moment la foule au Théâtre-Français, et que chacun voulut voir comment cette femme d'élite, qui avait traité si délicatement un sujet aussi triste et émouvant, pouvait réussir avec non moins de talent dans la spirituelle farce jouée par les excellents comédiens de M. Montigny. C'est de la bonne et franche gaieté, sans excès et sans inconvenance; elle est provoquée par l'effet d'une seule situation roulant sur un simple quiproquo qui cause les plus grandes et les plus comiques tempêtes dans un ménage paisible, à propos d'une méprise donnant lieu aux scènes les plus drôles et les plus naturellement amenées. *Le Chapeau d'un horloger* était aussi difficile à faire que *la Joie fait peur* ; une pièce sans intrigue ne peut réussir que par les détails du style et la vérité des sentiments et des situations ; aussi voyons-nous beaucoup de petites pièces qui nous amusent un moment par leurs drôleries, débitées par des acteurs spéciaux, forts en haute et grosse gaieté, disparaître rapidement et sans retour possible, parce qu'elles ne doivent leur succès momentané qu'aux comédiens qui les interprètent. On les compte par centaines, celles qui ont ainsi sombré depuis l'année 1854, et cependant aujourd'hui on joue et on jouera longtemps encore le *Chapeau d'un horloger.*

La pièce fut créée par l'élite de la troupe du Gymnase : Berton le père, Dupuis, Lesueur, qui n'était pas encore perdu dans les féeries de M. Hostein ; Mmes Ricquier et Désirée. Elle n'a jamais quitté le répertoire, et on la donne à tous moments sur les théâtres de province.

Un an après la mort de Mme de Girardin, le 10 octobre 1856, le même théâtre représenta une petite comédie posthume, en prose, trouvée dans ses papiers : *Une femme qui déteste son mari.* On alla l'entendre par curiosité et par respect ; mais c'est une pièce médiocre, qui n'eut qu'un petit nombre de soirées, et qui a tout à fait disparu de la scène. Elle a été créée par Berton, Dupuis, Lesueur, et Mme Rose Chéri.

De ces huit pièces, trois ont encore aujourd'hui la faveur publique : l'une, *Cléopâtre*, œuvre littéraire d'une véritable valeur, est encore bonne à lire ou à relire, sinon à reprendre à la scène ; deux autres, *la Joie fait peur* et *le Chapeau d'un horloger*, et qui, si différentes d'allures et de manières, sont les modèles du genre. Ce qui a le plus manqué à Mme de Girardin, aussi bien dans son théâtre que dans ses autres écrits, c'est l'imagination, et c'est surtout dans ses œuvres dramatiques que l'absence de ce précieux don se fait le plus vivement sentir.

Elle cherche à y suppléer par beaucoup de moyens factices, qui ne sont pas toujours assez dissimulés, et qui ne peuvent qu'imparfaitement d'ailleurs tenir lieu de cette « folle du logis, » aussi difficile à saisir qu'à retenir. Son théâtre est une chose de convention, sans inspiration originale, et froid par conséquent — à deux exceptions près — parce qu'il est mesuré et modelé avec trop de soin, et comme taillé, en quelque sorte, d'après les règles de la syntaxe dramatique; et je ne veux pas dire par-là qu'elle en avait acquis la routine et les « ficelles, » tant s'en faut! Ses pièces sont une étude théâtrale, plus qu'un théâtre proprement dit; on n'y sent ni feu, ni vraie passion, ni enthousiasme réel, ni cette chaleur communicative qui « monte une salle, » et établit la valeur durable d'une œuvre quelconque de l'esprit.

Mme de Girardin n'avait pas le travail facile; elle apportait un soin extrême à ses ouvrages, et ses Courriers de Paris eux-mêmes, d'un style si naturel, si élégant et si léger, lui demandaient beaucoup de peine et de labeurs. Elle sentait profondément les choses, étant très-impressionnable, mais elle les exprimait difficilement. Elle avait de la peine à transporter dans ses écrits charmants la verve prodigieuse et les saillies continuelles de son étincelante conversation; elle y arrivait cependant : ses romans et surtout ses *Lettres Parisiennes* l'ont prouvé. Mais le théâtre demande d'autres aptitudes spéciales; l'esprit et le style seuls ne suffisent pas pour y triompher, et le sien, bien qu'on y retrouve toujours les qualités de son talent, n'a point une valeur égale à celle de ses autres ouvrages. L'expérience y fait défaut autant que l'imagination; c'est vraiment ce qu'on peut appeler, sans trop se tromper, je crois —toujours à deux exceptions près — un théâtre de bibliothèque.

VIII

Je ne veux pas entrer dans le ménage de Mme de Girardin, dans cette vie privée, qui est devenue notre épouvantail, non que je redoute les sévérités nouvelles d'une loi si peu douce aux chroniqueurs; mais j'estime trop le respect et le repos du foyer domestique, ce dernier refuge des droits sacrés de la famille, pour y promener jamais des yeux avides et une plume indiscrète. Je n'aime ni ne comprends ces chercheurs à tout prix de la petite presse contemporaine; les mystères de l'alcôve les sollicitent, ils veulent tout pénétrer, tout savoir et tout dire; dénigrer le mari, afficher la femme, livrer aux commérages publics mille commérages sur leur intérieur, sans songer qu'ils compromettent souvent, par leurs récits plus ou moins vrais, la plupart du temps amplifiés, quand ils ne sont pas tout à fait inventés, ceux dont ils abandonnent ainsi les petits côtés de la vie aux amateurs de leurs feuilles légères, friands des histoires scabreuses et des menus scandales.

Mais l'intérieur de cette vie même que je raconte, vue d'aussi près, dans ses habitudes de tous les jours, n'offre pas le genre d'intérêt que pourraient désirer les racoleurs d'historiettes inédites. Le ménage de Girardin, s'il a eu des orages intimes, les a sagement circonscrits dans le secret de cette vie privée si impudemment attaquée de nos jours. Et d'ailleurs, est-il bien de la dignité de l'écrivain de relever, un à un, ces mille bruits extravagants et légers qui circulent,

lancés au jour le jour et sans grand fonde-
ment justifié, dans le champ si vaste des
« cancans » parisiens? Cela est-il vraiment
du domaine de l'histoire, et la postérité, qui
ugera nos actes, nos écrits et nous-mêmes,
daignera-t-elle s'inquiéter un jour de tous
ces racontages?

Ce qu'on sait, ce qu'on peut dire, c'est
que jamais peut-être ménage ne fut mieux
assorti. Ces deu... grandes intelligences, liées
si fortement l'une à l'autre, ne pouvaient que
grandir et se compléter dans un commun
contact. Jetés ensemble dans le tourbillon
terrible de la vie qu'ils s'étaient faite, ils ont
subi de même les triomphes comme les
échecs, et les petits écueils du voyage n'ont
arrêté ni ralenti leur marche. Mme de Girardin admirait franchement son mari, elle
le croyait utile à la prospérité de son époque
et à ses progrès dans la voie du droit et du
bien; à certains moments même de crise
sociale et politique, elle alla plus loin
encore; elle le déclara indispensable. Elle

le jugeait seul capable de mener alors le vaisseau de l'État, ballotté par des vents si furieux et si contraires, et elle le disait naïvement autour d'elle : « Celui qui est là « haut nous sauvera tous!... »

Elle parlait ainsi de l'étage supérieur où travaillait son mari.

Il n'y eut donc pas de mésintelligence, apparente du moins, entre ces deux époux si occupés et dont l'existence était parfois tellement surmenée, que le temps des luttes et des dissentiments intérieurs semblait ne pouvoir exister pour eux. Point de scènes mauvaises, point de jalousies publiquement ébruitées. Mme de Girardin accueille dans sa maison et soigne comme son propre fils un enfant, tout jeune encore, que son mari a eu d'une autre, et elle consigne même dans son testament le nom de celui qu'elle aurait pu refuser de voir, et cela sans regret, lui laissant un souvenir d'affection en le reconnaissant tout à fait pour le fils de son cœur, alors qu'elle écrivit ses suprêmes volontés.

Hélas! la mort vint la prendre à l'heure même où elle rêvait et préparait de nouveaux succès. Elle travaillait à une comédie en vers, qu'elle a laissée inachevée : *les Ridicules pernicieux*, cinq actes destinés au Théâtre-Français, et elle s'y était mise de toutes ses forces et de tout son esprit, lorsque la maladie terrible, cette maladie contre laquelle la médecine a vainement épuisé son savoir, et que les chaleurs vivifiantes du midi ne guérissent pas non plus, cette maladie, dont sa sœur était morte quelque temps avant elle, vint l'emporter elle-même à son tour. Elle n'y croyait point; ceux qui la voyaient et l'entouraient n'y voulaient point croire; les médecins eux-mêmes cherchaient à s'abuser et paraissaient douter de leur perspicacité terrible. La mort semblait à tous ne pouvoir s'approcher de cette femme déjà illustre, et si jeune encore.

Le samedi 30 juin 1855, tout était fini.... la muse avait rendu le dernier soupir en regardant d'un air tout souriant, par la fe

nêtre entr'ouverte, la nuit d'été étoilée et
brûlante, sans se douter encore, que la mort
inévitable fût devant elle!

On ouvrit son testament, qui avait plus
de dix ans de date; elle songeait donc déjà
à mourir, alors que, dans ses derniers temps,
elle ne parlait que de bonheur et d'avenir!
Elle croyait le plus à la vie, au moment
même où venait la mort : signe fatal du mal
auquel elle succombait, et où l'illusion du
malade grandit et s'affermit aux portes
mêmes du tombeau.

« Je ne veux pas, dit-elle dans ce testament, qui porte la date du 8 août 1844,
qu'on ouvre mon corps ;

« Je veux être enterrée dans le cimetière de
la paroisse où je mourrai ;

« Si je meurs hors de France, on coupera
mes cheveux, on les rapportera à ma famille.
Si l'on peut rapporter mon corps sans l'em-
baumer, on le rapportera ; mais je ne veux
pas qu'on le touche.

« Si je meurs au printemps, on mettra quelques fleurs autour de mon cercueil, sur le corbillard ;

« On mettra sur ma tombe une croix pour seul ornement.

« Je nomme Émile de Girardin, mon mari, mon légataire universel et mon exécuteur testamentaire ; ma famille n'a rien à réclamer de lui ; je ne lui ai rien apporté en mariage ; je n'ai que la propriété de mes œuvres, je la lui donne.

« J'adopte pour mon fils, Alexandre ; toute ma famille et toute ma maison m'ont vu donner des soins à cet enfant, qui a cinq ans aujourd'hui.

« Je prie Émile de faire, en mon nom, présent à Anatole O'Donnel, mon neveu, et à Paul Garre, mon filleul et neveu, d'une somme de 5,000 fr. à chacun ; j'estime à 10,000 fr. la moitié de la valeur de mes œuvres pendant vingt ans, savoir : 10,000 fr. à mes neveux, 10,000 fr. à mon mari.

« *Signé :* DELPHINE GAY DE GIRARDIN. »

Le lundi 2 juillet 1855 eurent lieu les funérailles. J'ai vu passer ce triste convoi remontant la rue de Chaillot jusqu'à l'église, trop petite pour contenir la foule illustre qui se pressait, émue et silencieuse, derrière le corbillard. C'était le prince Napoléon; c'étaient d'autres princes encore, par le génie et le talent : Lamartine, Villemain, Gautier, de Vigny, Alex. Dumas père et son fils à ses côtés, Méry, Sandeau, Gozlan, Roqueplan, Salvandy qui, bien que malade, avait voulu venir, Amaury Duval, Jules Janin, l'abbé Mitraud, Louise Colet; la Comédie-Française presque tout entière, Mlle Rachel en tête, et Mme Allan pleurant à chaudes larmes celle qu'elle devait, hélas! trop tôt rejoindre..., etc... Je ne finirais point si je voulais détailler au complet la liste des admirateurs et des amis qui s'étaient joints au lugubre cortége.

Au cimetière, deux discours sont prononcés par Jules Janin et l'abbé Mitraud; puis la lourde pierre retombe sur l'ouverture béante, et la mort garde à jamais sa proie.

Treize ans déjà se sont écoulés depuis ce jour funeste : treize ans ! presqu'un siècle en ce siècle même où le temps de la vie a plus que doublé de valeur, où les événements se succèdent si rapides et si pressés, se faisant oublier l'un l'autre. Et déjà la postérité a commencé pour cette femme de talent ; déjà quelques-unes de ses œuvres sont délaissées et oubliées ; déjà cette postérité sévère, qui renversera sans scrupule ni pitié nos trop faciles idoles, sape par la base le petit monument littéraire qu'elle a élevé.

Ah ! que de gloires complaisantes nous nous sommes ainsi faites ! que de statues nous avons dressées à des demi-talents et à des demi-vertus, dont le temps se chargera trop vite de balayer le nom et la mémoire ! Dans nos enthousiasmes irréfléchis nous avions proclamé leurs noms immortels, et dix ans à peine ont passé sur leur tombe, que l'immortalité avait déjà cessé pour eux.

De ces gloires d'un jour, élevées à son de trompes et à coup d'articles de journaux, de ces tombeaux de marbre ou de bronze, payés par souscription, et inaugurés dans des discours insensés, pleins d'exagération, et remplis de « ces pavés » grotesques sous lesquels ce pauvre mort est soudainement écrasé; de ces pièces, de ces livres prônés outre mesure, et dont le moindre est déclaré chef-d'œuvre, de tout ce mélange enfin d'adjectifs pompeux et exaltés, que reste-t-il un jour, quand au premier élan de ces générosités de confrérie et de ces amitiés imprudentes succèdent la réflexion calme et la froide raison? Hélas! ce mort soi-disant illustre retrouve bien vite sa place vraie à la suite de beaucoup d'autres ; quelques années, encore et l'oubli s'étale tout au long sur la tombe de marbre ou de pierre, sur le bronze et sur la statue, et le passant ne connaît déjà plus celui dont il lit le nom sur ce mausolée magnifique, élevé jadis au milieu de tant d'éloges et de regrets!

C'est à cette postérité, meilleure juge, certes, que nous, qu'il faut laisser le soin de donner à Mme de Girardin la place qui doit lui convenir. Pour moi, sans parti pris, je le répète, j'estime et j'aime son talent, j'ai pris plaisir à relire ses livres et ses pièces, j'ai repassé ses vers et ses chroniques, et beaucoup de ces choses, qui ont déjà plus de dix ans de date, semblent avoir triomphé du temps et de l'oubli. Combien d'années vivront-elles encore? qui le sait? La postérité sera plus sévère que nous, et il faut redouter l'arrêt qu'elle doit prononcer sur Mme de Girardin. Je ne crois pas à la durée de ses ouvrages qu'aucun souffle véritablement inspiré n'a jamais animés; je ne crois pas à la longue existence de ces petits écrits, charmants et jolis, pleins de goût et de gaieté, de verve et d'actualités, mais où manquent l'élévation, la grandeur et surtout l'originalité créatrice qui donne aux œuvres de l'esprit la force et la vie.

Mais la part de Mme de Girardin sera belle

encore; elle nous aura charmés et intéres-
sés pendant plus d'un demi-siècle; et sa réputation, tout en ne vivant guère plus
qu'elle, ira jusqu'à ceux qui nous suivent
dans la vie; ce n'est point nous qui la verrons disparaître, car ses œuvres et son nom
auront la gloire — bien rare de nos jours —
de survivre, longtemps encore, à la généra-
tion qui les a vus naître.

Juillet 1868.

APPENDICES

———

I

UNE LECTURE CHEZ MADAME DE GIRARDIN.

Le salon était au complet : Marphise[1] en grande tenue, son manuscrit sur les genoux ; Dunoisin[2], son mari ; Mme Vertallure[3], sa mère ; Olympio[4], Raphaël[5] et Falconnet[6], les trois astres de notre ciel poétique ; puis les planètes secondaires, Polychrome[7], Bourimald[8], Caméléo[9],

1. Mme de Girardin. — 2. M. de Girardin. — 3. Mme Sophie Gay. — 4. Victor Hugo. — 5. Lamartine. — 6. A. de Musset. — 7. Th. Gautier. — 8. Méry. — 9. Paulin Limayrac.

Sapho[1], le grand romancier amazone; des médecins, des artistes, deux ou trois sociétaires du Théâtre-Français, quelques hommes du monde et quelques patriciennes sans préjugés.

Marphise avait alors 45 ans; ses flatteurs parlaient encore de sa beauté, bien qu'elle ne fut plus belle. Un mot fort disgracieux, le mot *hommasse*, peut seul rendre exactement le type qu'elle offrit à mon regard. Son menton et son nez tendaient à se rejoindre, ce qui nuisait singulièrement à l'expression poétique de sa figure, et faisait rêver de casse-noisette bien plutôt que de lyre et d'auréole. Elle avait de grosses épaules, de gros bras et de gros pieds. Son esprit s'imposait, ses bons mots montaient à l'assaut. Elle apportait dans la conversation un mouvement chronique et violent qui étonnait, éblouissait, donnait l'idée de la force et de la verve, jamais du naturel et du

1. G.Sand.

charme; deux heures de causerie avec elle équivalaient à une courbature.

. . . .

Je ne sais comment Marphise avait appris depuis la veille que je possédais, en plein faubourg Saint-Germain, une vieille tante, duchesse *pour de vrai*, admirablement posée pour ouvrir à certaines vanités la porte de certains hôtels que le talent et la célébrité ne réussissaient pas à forcer. Or, c'était là la monomanie de Marphise : être reçue dans le noble faubourg, y vivre de plain-pied comme dans sa sphère naturelle, pouvoir dire : « Mon amie la petite marquise ! » — ou : « Je sors de chez cette chère Jeanne, « vous savez, ma charmante comtesse ! Sa « névralgie la fait bien souffrir ! » Ce triomphe lui semblait mille fois préférable aux applaudissements de ses lecteurs et de ses amis. Toutes les plaisanteries médiocres dont elle émaillait ses trop vantés *Courriers de Paris* avaient pour cause unique le refus très-net opposé par deux ou trois courageuses maîtresses de maison à des tentatives de Marphise pour arriver chez elles avec effraction et escalade.

Mais la lecture allait commencer. C'était une tragédie[1] de femme, mais de femme habillée en homme, décidée à faire quelque chose de bien viril, de bien vigoureux, et ne réussissant qu'à produire un ouvrage en plaqué, où tout était puéril, artificiel et convenu, depuis le premier hémistiche jusqu'au dernier. Shakspeare y tendait la main à Campistron; Th. Gautier y coudoyait Dorat; Plutarque s'y combinait avec le *Journal des Modes*; Cléopâtre s'y livrait à des tirades démesurées sur l'archéologie, sur les hiéroglyphes, sur le soleil, sur le climat, sur la vertu; Antoine y commettait des *concetti* dans le goût de Sénèque; Octavie s'y exprimait comme une Parisienne bien élevée qui soigne la rougeole de ses enfants et leur cache les désordres de leur père. Ce

____

1. La tragédie de *Cléopâtre*.

n'était ni antique, ni romain, ni classique, ni romantique, ni bon ni mauvais : c'était une gageure tragique gagnée par une femme d'esprit aux dépens de ceux qui l'écoutaient ; ceux-ci pourtant firent bravement leur devoir. Jamais *Le Cid*, *Polyeucte*, *Andromaque* et *Athalie* n'avaient soulevé de pareils transports. Bourimald improvisait et accentuait en marseillais des paradoxes admiratifs auxquels il ne manquait que la rime riche. Polychrome, semblable à un gros Turc vêtu à l'Européenne, sortait de sa placidité musulmane pour crier au miracle. Falconnet, à demi couché sur son fauteuil, souriait de béatitude. Olympio déclarait qu'on n'avait jamais rien écrit d'aussi beau en aucun siècle, en aucune langue, et exceptait tout bas les *Burgraves*. Raphaël, pareil à un Dieu descendu sur la terre, et tout étonné de s'y trouver chez soi, laissait tomber de ses lèvres divines des compliments parfumés d'ambroisie, éclatants de poésie et ruisselants d'indifférence. Sapho applaudissait d'autant

G

plus, qu'ayant assez de génie pour se passer d'esprit, ce genre de littérature lui était plus complétement antipathique. Enfin Caméléo, le petit Caméléo, la mouche du coche politique et littéraire, allait de l'un à l'autre, son lorgnon incrusté dans l'arcade sour-cillière, se haussant dans sa taille exiguë, faisant résonner ses bottes à talon, portant au vent sa figure bouffie et tranchante, suant sang et eau pour se donner de l'impor-tance, visant à devenir chef d'emploi et fort mortifié de voir son enthousiasme réduit à chanter dans les chœurs; on eût dit qu'il présentait ses extases sur un plateau, comme on présente les glaces et les petits fours.

A. DE PONTMARTIN.
Les Jeudis de Madame Charbonneau
(1re édition, Lévy, 1862).

II

**EXTRAITS D'UNE ÉTUDE SUR MADAME DE GIRARDIN,
PAR M. DE LAMARTINE.**

Tout biographe de Mme de Girardin est
tenu de lire les pages que lui a consacrées,
dans le 2e numéro de son *Cours de littérature*, le lyrisme échevelé de M. de Lamartine. Ah! ces lyriques, comme ils écrivent
l'histoire! de quelle plume facile et louan-
geuse ils se servent à tout propos! Et celui-
ci précisément a écrit la vie des peuples et
des hommes; il a prétendu donner des récits sérieux, puisés aux bonnes sources, et

rédigés d'après la vérité authentique et les écrits officiels! L'histoire! un poète l'écrira-t-il jamais? Saura-t-il s'astreindre à ne dire que ce qu'il sait, que ce qui est vrai, que ce qui est positif? Mais la poésie, c'est le contraire même du vrai de tous les jours, de la réalité et du matérialisme de notre vie, c'est l'antipode de l'histoire. Elle ne raconte pas, elle n'écrit pas, elle ne burine pas, elle chante. Et comme l'illustre écrivain des *Méditations* est bien toujours resté poète! Il l'a été sans cesse à toutes les heures de son-existence merveilleuse, aussi bien en Orient, alors qu'il voyageait en prince sur un navire frêté pour lui seul, qu'au balcon de l'Hôtel-de-Ville, en 1848, quand le peuple, criant et hurlant devant lui, s'apaisa soudain aux accents de sa lyre. Car ce n'est pas un discours qu'il prononça ce jour-là, c'est une strophe, une ode, un chant! Nouvel Orphée, il avait calmé et assoupi la populace en fureur avec sa voix douce et sa parole enivrante. Ses phrases

sonnantes avaient plus fait en un moment
pour le salut de la république naissante que
le canon et la mitraille. Ah! privilége exquis de la poésie, fascinatrice adorable,
reine des sens, privilége sans pareil de
cette enchanteresse qui, aux jours néfastes,
sait parfois tenir tête à l'orage et dominer
la tempête au tendre bruissement de ses
murmures...

Ah! qu'on lui pardonne, à ce poète, les
humiliations de ses derniers jours! qu'on
oublie l'abus qu'il fit de lui-même et de
son nom pour solliciter la patrie! Ainsi que
dans ses œuvres, il a eu dans sa vie des pages
admirables et immortelles, et son nom,
comme sa gloire, traversera les âges.

Mais pourquoi cette digression? Je voulais parler d'une femme poète jugée par un
poète, doublement indulgent et favorable et
comme poète et comme homme. Je voulais
signaler au lecteur cette étude rapide du
Cours de littérature, bien curieuse à tous les
points de vue. J'en citerai de courts fragments,

comme complément de ce petit livre. Il n'est pas sans utilité et sans profit pour celui qui veut lire avec fruit de faire certains rapprochements, d'établir certaines comparaisons ; il est intéressant surtout de voir comment un poète aussi considérable que Lamartine appréciait une sœur en poésie, poète inférieure à lui, certes ! mais qui a tenu de son vivant tout le Paris intelligent et illustre sous son influence et pour ainsi dire sous sa main.

C'est en Italie qu'il la rencontre pour la première fois, assise devant une fontaine, au pied d'une chute d'eau, et voici d'elle un portrait physique tracé par lui à l'époque des vingt ans de la muse :

« Je m'avançai sans être aperçu, un peu au-dessus de la petite pelouse où elle s'appuyait. Son bras admirable de forme et de blancheur était accoudé sur le parapet ; il soutenait sa tête pensive.... Sa taille élevée et souple se devinait dans la nonchalance de sa pose ; ses cheveux abondants, soyeux, d'un blond sévère, ondoyaient au souffle tempétueux des eaux, comme ceux des Sybilles que l'Extase dénoue; son sein gonflé d'impression (?) soulevait fortement sa robe; ses yeux, de la même teinte que ses cheveux (?), se noyaient dans l'espace... son profil légèrement aquilin était semblable à celui des femmes des Abruzzes; elle les rappelait aussi par l'énergie de sa structure et par la gracieuse cambrure du cou. Ce profil se dessinait en lumière sur le bleu du ciel et sur le vert des eaux; la fierté y luttait dans un admirable équilibre avec la sensibilité; le front était mâle, la bouche féminine; cette bouche portait sur ses lèvres très-mobiles l'expression de la mélancolie. Ses joues avaient la jeunesse, mais non la plénitude du printemps; plus fraîche, elle aurait été éblouissante. La teinte du marbre sied seule aux belles statues vivantes comme aux statues mortes. »

Voici comment il apprécie en Mme de

Girardin la jeune poëtesse de la Restauration :

« On ne peut faire à sa poésie qu'un reproche, c'est d'avoir respiré un peu trop l'air des salons, qui donne à la poésie des finesses au lieu de grandeur. Ses vers de jeunesse ont tout ce que l'atmosphère dans laquelle elle vivait comporte ; c'est de la poésie à demi-voix, à chastes images, à intentions fines, à grâces décentes, à pudeurs voilées de style. Le seul défaut de ses vers c'est l'excès d'esprit ; mais le goût naturel et exquis de la jeune fille se défendait contre l'abus. De temps en temps elle avait des retours de nature contre le pli trop artificiel que la société donnait à son talent. »

Et un peu plus tard, alors qu'il a parlé de la tentative de mariage avec le comte d'Artois, puis de l'union définitive avec Émile de Girardin, il prodigue en deux lignes à « la sœur de son esprit » la louange la plus grande qu'elle eût pu envier :

« En feuilletant les pages de ses poésies, on lit celles de son cœur. Beaucoup de ces pages pourraient être signées par les premiers noms de la poésie française. »

Il aborde ensuite son théâtre :

« La tragédie de *Judith*, celle de *Cléopâtre*, élevèrent son style poétique au-dessus de l'élégie, à la hauteur de la scène antique. Le style de *Cléopâtre* a la solidité et le poli du marbre.... certains vers ont le grandiose d'une scène de Racine. L'âge et l'étude avaient affermi sa main. Le monologue d'Antoine, après la bataille d'Actium, a des accents de Corneille... La force dans la tragédie, une finesse féminine dans la comédie se révélaient à chacun de ses nouveaux ouvrages.»

Cette courte étude se termine par le récit de la dernière visite faite par Lamartine à Mme de Girardin :

« La dernière fois, on me fit entrer dans

une petite salle basse du rez-de-chaussée ;
j'y trouvai un jeune écrivain d'âme sensible
et de main magistrale, Paulin Limayrac, et
une femme qui a perdu son sexe dans la
mêlée du génie comme les héroïnes du Tasse,
Mme Sand...... La malade était étendue à
demi sur un canapé placé en plein air, sur
le seuil de la porte-fenêtre, entre la chambre basse et la petite cour, afin que la fraî-
cheur de l'atmosphère et le bruit de l'eau [1]
l'aidassent à respirer plus largement l'air
qui manquait à sa poitrine.

« Je la trouvai peu changée ; elle avait mai-

[1] Il y avait dans cette cour un petit bassin avec jet
d'eau. Mais puisque j'en suis aux détails d'intérieur, en
voici de curieux que je trouve dans une notice de Gautier :
« Tout l'appartement était tendu d'un damas de laine
vert d'eau, dont le ton glauque ne pouvait être supporté
que par une blonde irréprochable. Elle avait choisi cette
nuance sans méchanceté, mais les brunes égarées dans
cette caverne verte y paraissaient jaunes comme des
coings ou enluminées comme des fusées... Elle recevait
ses amis dans sa chambre à coucher, après l'Opéra ou
les Bouffes, ou bien avant d'aller dans le monde, entre
onze heures et minuit... »

gri pendant son séjour à Saint-Germain, mais une coloration plus vive de ses joues, un éclat plus vif de ses yeux, un repos plus visible de ses traits, un timbre plus naturel de sa voix me remplissaient de l'illusion d'une convalescence... [1] Nous abrégeâmes la visite, dans la crainte de la fatiguer. Nous nous retirâmes un à un, sans bruit, comme des amis discrets qui emportent une bonne espérance et qui craindraient de la perdre en se la confiant. Ce fut notre dernier serrement de cœur et notre dernier serrement de main. Nous apprîmes avec stupeur, le lendemain, qu'elle avait expiré sans faiblesse et sans larmes, entre les regrets qu'elle laissait sur la terre et les espérances qu'elle avait depuis longtemps placées au ciel.

[1] « A demi-couchée sur un divan, dit encore Gautier, et les pieds couverts d'une résille de laine blanche et rouge, elle avait plutôt l'air d'être convalescente que malade. »

« Dans une lettre jointe à son testament,
et qui m'est communiquée par sa sœur, il
y a une prière et un reproche sortis du
tombeau, auquel j'aurais été plus sensible
si je l'avais mérité : « Priez, dit-elle à son
« exécuteur testamentaire, M. de Lamar-
« tine d'achever mon poëme de *la Made-*
« *leine*, auquel il manque des chants, et
« qui est celui de mes ouvrages poétiques
« auquel j'attache le plus de ma mémoire.
« J'attends cela de son souvenir pour moi.
« J'ai beaucoup espéré autrefois de l'amitié
« de M. de Lamartine ; je l'ai trouvé tou-
« jours gracieux et bon avec moi, mais ja-
« mais complétement dévoué. Cette froi-
« deur a été mon premier désillusionnement
« dans la vie. Quand je serai morte, il ne
« refusera pas d'exaucer ce dernier vœu de
« mon cœur. »

« Hélas ! la prière arrive trop tard pour
être exaucée. La sève des beaux vers tarit
avec le printemps, comme celle des ro-
ses. Le poëme commencé par une main,

achevé par l'autre, ne serait plus qu'un concert lugubre à deux voix, dont l'une est morte et dont l'autre est éteinte. Ce poëme religieux s'achèvera par elle dans le ciel!...

« Quant au tendre reproche qu'elle m'adresse du fond de son cercueil sur la froideur et sur la déception de mon amitié pour elle, ce reproche serait pour moi un remords si ce n'était un malentendu de nos deux existences. Quand nous nous retrouverons dans la sphère des sentiments sans ombre et des amitiés éternelles, elle reconnaîtra qu'elle n'a laissé à personne, en quittant cette boue, une plus vive image de ses perfections dans le souvenir, une plus pure estime de son caractère dans l'esprit, un vide plus senti dans le cœur, une larme plus chaude et plus intarissable dans les yeux. »

III

LISTE GÉNÉRALE DES ŒUVRES DE MADAME EMILE DE GIRARDIN.

Voici, dans leur ordre de publication, et avec quelques détails bibliographiques, la liste générale des ouvrages de Mme de Girardin. Je ne les ai point divisés par genre, parce qu'on a déjà trouvé cette classification dans ce petit volume; mais je présente au lecteur l'œuvre entière de l'écrivain à la date même où chacune de ses productions a vu le jour, et j'y ajoute simplement quelques lignes relatives à leur publication.

1822 *Le Dévouement des sœurs de Sainte-
       Camille et des médecins français à
       Barcelone*, pièce qui a obtenu une
       mention de l'Académie française.

1824 *Essais poétiques*. On y remarque
       surtout les six premiers chants du
       poëme de *Magdelethe*, une élégie :
       Ourika et *Le Bonheur d'être belle*.
       Le volume a été réimprimé l'an-
       née suivante. La première édition
       est devenue une rareté ; on y voit
       une lyre sur le premier titre, en
       guise de fleuron.

1825 *Chant du sacre*, ou *la Vision de
       Jeanne d'Arc*, in-8°. C'est cette
       même pièce de vers qui se termine
       par la prophétie ambitieuse :

Et fiers après ma mort de mes chants inspirés,
Les Français, me pleurant comme une sœur chérie,
M'appelleront un jour : Muse de la patrie !

—   *La Quête*, pièce de vers composée
       et vendue au profit du comité de
       secours pour la Grèce.

1826 *Elgise*, poëme en quatre récits, écrit
à Villiers-sur-Orge,

1827 *Le Dernier Jour de Pompéï*, petit
poëme en un seul chant, écrit à
Naples.

— *Le Retour des Romains captifs à Alger*, petite pièce datée de Rome,
décembre 1826.

1828 *Le Retour*, pièce assez longue, dédiée
à Mme O'Donnel, sa sœur.

— *La Pèlerine*, complainte faite pour
la reine Hortense.

1830 *La Prise d'Alger*, datée de Villiers-
sur-Orge, 11 juillet, et qui valut
à l'auteur la suppression de la
pension que lui faisait Charles X.

— *Les Serments*, hommage aux trois
Écoles, daté du 11 août 1830.

1831 *Le Lorgnon*, chez Gosselin, 2 vol.
in-12. « De tous ses romans, dit
Sainte-Beuve, c'est celui qui m'a
paru offrir avec le plus d'avantages
les qualités de l'auteur. »

— *Contes d'une vieille fille à ses ne-veux* (neuf contes : 1° *Noémie, ou l'Enfant crédule*; 2° *l'Ile des Mar-mitons*; 3° *Zoé, ou la Métamor-phose*; 4° *M. Martin de Montmar-tre*; 5° *M. de Philomèle*; 6° *la fée Grignotte*; 7° *la Danse n'est pas ce que j'aime*; 8° *le Chien vo-lant*; 9° *le Palais de la Vanité*). 2 vol. in-18 avec vignette., chez Gosselin.

1833. *Qu'on est heureux d'être curé!* Stan-ces pastorales; chez Barba, in-8 de 16 pages.

— *Napoline*, poëme en quatre chants. Gosselin, in-8. « Petit poëme, dit Sainte-Beuve, qui n'a pas été, ce me semble, assez compris ni goûté. » (*Causeries du lundi*, tom. III.)

Th. Gautier, dans une *Notice* sur Mme de Girardin, célèbre ainsi les mérites de *Napoline* : « L'in-

fluence de Victor Hugo et surtout
d'Alfred de Musset s'y fait sentir ;
la périphrase a disparu, la césure
se déplace quand il le faut, la
rime est plus riche, un grand progrès technique s'est opéré. » Est-
ce bien là un éloge ? J'en conclus
que Mme de Girardin a cessé d'être
elle-même pour suivre la trace
des nouveaux venus ; c'est la mort
de son originalité et de sa person-
nalité que Gautier nous vante ici !

1835 *M. le marquis de Pontanges*, roman. Dumont, 2 vol. in-8.

— *Aux jeunes filles*, petite pièce poétique de circonstance.

1836 *La Canne de M. de Balzac*, roman.
Dumont, in-8.

— C'est au mois de septembre de cette
même année qu'elle commence,
à *la Presse*, la publication de ses
Lettres parisiennes.

1839 *Le Vote du 13 avril*, protestation

contre l'exclusion de la Chambre qui fut alors prononcée contre son mari, datée du 20 avril.

1840 *L'École des Journalistes*, pièce en cinq actes et en vers, reçue aux Français le 21 octobre 1839, et défendue par la censure. Deux éditions de suite, chez Dumont, in-8. La préface est datée du 6 décembre 1839. Elle est assez vive. « Les journalistes, effrayés, dit-elle, à propos de l'effet produit par sa pièce à la lecture, reculent devant leur propre image; ils s'indignent de leurs propres torts..... Quant au sujet principal de cet ouvrage, il est puisé dans l'histoire même du journalisme. Les journaux seuls sont coupables des allusions que l'on y peut trouver; c'est leur calomnie qui a fait la pièce. »

Elle s'en exagérait singulièrement la

portée ; l'œuvre est plus que médiocre, et n'a soulevé de protestations et de colères que dans l'imagination seule de l'auteur. Aucune
lecture n'est aujourd'hui plus pâle
ni plus terne ; au théâtre, la pièce
n'irait certes pas jusqu'au troisième acte [1].

1842 *Poésies complètes*. Charpentier, in-18,
dans le nouveau format qu'il inau-
gurait alors, et qui porte toujours
son nom [2].

1843 *Lettres parisiennes*. Charpentier,
in-18. C'est le recueil de cin-
quante-sept lettres parues dans *la*

---

1. « La pièce, commencée d'une manière éclatante,
s'assombrit trop, dit Gautier, et nous doutons qu'au
théâtre, même jouée par d'excellents acteurs, elle eût
produit autant d'effet qu'à la lecture.

2. C'est le recueil de toutes ses poésies. La plupart
ont paru d'abord séparément dans des recueils, ou en
feuilles, ou dans les journaux. Je n'ai indiqué à leurs
dates que les plus connues. Les autres ont moins d'im-
portance.

Presse sous le titre de *Courrier de Paris*, dans les années 1836-37-38 et 1839, sous le pseudonyme de *Vicomte Charles de Launay.*

— *Judith,* tragédie en trois actes, jouée au Théâtre-Français le 24 avril. Elle fut publiée chez Tresse, 1843, in-8.

1846 *La Croix de Berny,* roman par lettres, composé en collaboration et signé de quatre pseudonymes : *Irène de Chateaudun* (Mme de Girardin); *Edgard de Meilhan* (Théophile Gautier) ; *Raymond de Villiers* (Jules Sandeau); *Roger de Montbert* (Méry), 2 vol. in-8, chez Berquet et Pétion.

1847 *Cléopâtre,* tragédie en cinq actes, jouée aux Français le 13 novembre. Chez Dondey-Dupré, in-18 anglais. Sainte-Beuve est sévère et parfois un peu injuste pour cette œuvre distinguée : « Ne cherchez point dans *Cléopâtre* la vérité historique. Le style en est assurément le côté le plus remarquable ; il est éclatant, souvent ferme et toujours habile... Est-ce bien une tragédie que *Cléopâtre ?* cela n'est pas conçu d'un jet ; je puis admirer le métier, mais je ne vois pas l'œuvre. » Ce jugement date de février 1851, et on relit toujours *Cléopâtre*.

1848 *Courriers de Paris*. L'auteur termine cette année-là cette brillante publication. Tous ces feuilletons épars ont été depuis réunis en volumes. L'édition qu'en a donnée Michel Lévy, en 1856, est la plus complète. Elle comprend cent soixante-quinze lettres choisies parmi celles publiées en dix années, de 1836 à 1848, en ne comptant pas l'année 1843 qui n'en a pas fourni.

— *Le 24 juin et le 24 novembre,* pièce
de vers assez ridicule dirigée contre
le général Cavaignac, et que les
éditeurs de Mme de Girardin auraient tout aussi bien fait de ne
pas joindre au recueil de ses poésies.

1851 *C'est la faute du mari,* proverbe
en un acte et en vers, joué au Théâtre-Français le 1er mai. M. Lévy,
in-18.

1853 *Lady Tartuffe,* comédie en cinq actes
et en prose, jouée aux Français,
le 10 février. M. Lévy, in-18.

— *Marguerite,* ou *deux amours* (roman), un vol. in-18. M. Lévy.
2 vol. in-8, dans l'édition *dite* de
cabinet de lecture.

— *Il ne faut pas jouer avec la douleur,*
nouvelle. Chez M. Lévy, in-32,
puis in-18.

Sous le titre de *Nouvelles,* le même
éditeur a réuni en un seul volume

le *Lorgnon*, la *Canne de M. de Balzac* et *Il ne faut pas jouer avec la douleur* (1853).

1854   *La joie fait peur*, comédie en un acte, jouée aux Français le 25 février. Chez M. Lévy, in-18.

—   *Le Chapeau d'un horloger*, comédie en un acte, jouée au Gymnase le 16 décembre. Chez M. Lévy, in-18.

1856   *Une femme qui déteste son mari*, comédie posthume, en un acte, jouée au Gymnase le 10 octobre. Chez M. Lévy, in-18.

—   *Les Ridicules pernicieux*, comédie en cinq actes, en vers, restée inachevée, et inédite.

Les œuvres complètes de Mme de Girardin ont été publiées en trois éditions successives. L'une, à la Librairie Nouvelle, en 1855, n'a pas été achevée ; l'autre, chez Michel Lévy, en 1856 et années suivantes, donne toutes les œuvres, moins le théâtre, que ce même éditeur vend par pièces séparées. Son édition des autres œuvres comprend quatre volumes de *Lettres parisiennes*, un volume de poésies, un volume de contes, *la Croix de Berny*, et cinq volumes de romans.

Une autre édition, la seule complète puisqu'elle donne le théâtre, est celle de M. Plon. Elle comprend six magnifiques volumes in-8º, et se vend 36 francs. L'exécution typographique en est très-particulièrement soignée ; un très-beau et très-ressemblant portrait de M^m_e de Girardin, gravé par L. Flameng d'après Chassériau, est placé en tête du premier volume. C'est, en un mot, la seule édition digne de toute bibliothèque de bibliophile et d'amateur. Elle est ainsi divisée : *Lettres parisiennes*, 2 vol.; *Poésies*, 1 vol.; *Théâtre*, 1 vol.; *Contes et Nouvelles*, 1 vol.; *Romans*, 1 vol.

Il a été écrit sur Mme de Girardin une quantité d'articles répandus dans tous les recueils biographiques ou dans les journaux. Ceux qui ont vu le jour à propos de ses pièces et de ses livres, au moment de leur représentation ou de leur publication, formeraient à eux seuls plusieurs volumes. Ils ont eu le sort de tous les articles du même genre publiés au jour le jour, et qu'on ne retrouve que dans les journaux où ils ont paru. A la mort de Mme de Girardin, il y eut dans la presse une série d'articles nécrologiques en général très-émus, très-sincères et très-élogieux ; l'imprimeur Serrière les a réunis en un petit volume qui n'a pas été mis en vente, et qu'on trouve à la bibliothèque Impériale et entre les mains de quelques amis de celui que la mort de la Muse laissait veuf.

Trois études plus étendues sur Mme de Girardin sont surtout remarquables, et méritent d'être conservées. Elles aideront les biographes futurs mieux que tous les articles dont je viens de parler, parce qu'elles pénètrent plus au vif dans la vie, dans les idées de l'auteur, et qu'elles nous le montrent plus à nu, avec plus de sincérité et aussi d'autorité. Il faut citer d'abord l'étude de Lamartine, dont le lecteur a trouvé un fragment dans ce petit livre. Ce sont des pages où le poëte se laisse souvent emporter par son admiration à des éloges vraiment outrés, mais qui sont écrites par un homme qui a vu de près et connu son héroïne; c'est une notice intime plus encore qu'une critique littéraire.

Vient ensuite Théophile Gautier , un peu élogieux, trop indulgent comme toujours, et peut-être aussi trop ami de Mme de Girardin pour n'être pas obligé de farder quelque peu la vérité. Mais son travail biographique, qu'on peut lire en tête des *Lettres parisiennes* de l'édition de Michel Lévy et du premier volume de la belle édition de M. Plon, est très-heureusement détaillé; il abonde en menus faits privés, en récits charmants d'amitié et de souvenirs, et il a aussi le mérite d'être un des écrits les plus soignés de son auteur.

On complétera ces deux sources de renseignements, fournis par deux amis de la maison, par l'étude plus sévère du maître de la critique contemporaine, le sénateur Sainte-Beuve. Il s'est montré dur pour Mme de Girardin. Elle vivait encore quand il a publié sur elle, dans *le Constitutionnel* du 17 février 1851, l'article qu'on retrouve aujourd'hui au troisième volume des *Causeries du lundi*. C'est une critique aigre-douce, savante et fine, pleine de malice et parfois de méchancetés aimables dites avec esprit et une fausse apparence de douceur, de façon à ne pas trop déchirer et à ne pas tout à fait emporter le morceau. Le début est une merveille de réticences et de sous-entendus, qui nous donneraient à croire beaucoup plus de choses que le tableau même de la vérité n'en pourrait probablement retracer. L'auteur des *Lettres parisiennes* seul trouve grâce devant Sainte-Beuve, qui immole en revanche en elle, sans merci ni pitié, la poëtesse et l'auteur dramatique.

On peut encore consulter avec fruit, pour les premières années de Mme de Girardin, la notice biographique donnée par G. Sarrut au cinquième volume de la *Biographie des hommes du jour* ; la deuxième série de *la Galerie de la presse*, et le tome III de *la France littéraire* de Quérard. Enfin ceux qui aiment les anecdotes non contrôlées, les récits fabriqués et l'histoire se mêlant à la fable et même au pamphlet, trouveront dans la notice d'Eugène de Mirecourt de quoi satisfaire amplement leur curiosité.

Mme de Girardin a encore collaboré, en dehors de *la Presse*, au *Journal des jeunes personnes*, au *Livre des Saints*, aux *Mémoires de la Société d'émulation de Cambrai*, au *Keepsake américain* et au journal *la Mode*.

FIN.

NOTE DE L'ÉDITEUR.

Ce volume est le douzième de la *Collection du Bibliophile Français :* ce sera le dernier.

Nous avons voulu élever une sorte de monument à la mémoire des poètes et des écrivains de ce siècle, dont la vie fut plus ou moins agitée. Il manque beaucoup de grandes figures dans cette collection : la souffrance fut l'apanage de presque tous les poètes de notre temps. Combien d'entre eux sont morts à l'hôpital ! Combien n'ont connu de la vie que les âpres privations ! Combien ont supporté toutes les misères de la prison et de l'exil, et combien parmi eux n'ont pas même eu un peu de gloire pour les consoler de leur douloureux pèlerinage en ce monde ! Paix à leurs cendres, et que leurs noms soient honorés par tous ! N'ont-ils pas droit, au moins après leur mort, au respect que l'on accorde si facilement aux nullités vivantes ?

A. B.

ACHEVÉ D'IMPRIMER

Le 20 octobre 1868

aux frais de la librairie

BACHELIN-DEFLORENNE

PAR

JULES BONAVENTURE